Charlotte Camp

Tödliches Verlangen

ROMAN

Zum Buch

Wenn es nicht so ungeheuerlich wäre, sein Verdacht, der immer mehr Gestalt annahm, müsste er glauben…
Doch sicher war er nur in einem Albtraum gefangen, alles das geschieht nicht wirklich.
Doch alles ergab ein klares Bild, dennoch wollte sein Verstand es nicht registrieren und einordnen.
Aber – um Gotteswillen, er sieht alles ganz deutlich.
Sie und ihn, seinen ärgsten Rivalen, händchenhaltend und unerschrocken am Wegrand stehend.
Ich werde sie zermalmen, unter den Wagenrädern sollen sie ihr sündiges Leben aushauchen.
Mögen sie zusammen für alle Ewigkeit in der Hölle schmoren, denkt er hasserfüllt, hebt wutschnaubend die Peitsche und treibt mit lautem Gebrüll, die Pferde an…

Zur Autorin:

Nach einem turbulenten Leben,
in selbst gewählter Ruhe und Abgeschiedenheit,
in einem kleinen Harzdörfchen,
widmet sie sich nun ausschließlich ihrem Hobby,
dem Schreiben, fantastischer Abenteuer Romane.

Fortsetzung
der Trilogie:

Tor zur Ewigkeit
Sternenstaub   Band2
Am Rande der Zeit Band3

Kapitel 1: Das falsche Paradies

Fassungslos vernahm ich die niederschmetternden Worte, sie trafen mich wie Keulenschläge, dann sackte ich zusammen.

Beide bückten sich, um mich auf zu heben, Justin war schneller.

„Nimm diese Frau von hier fort, schaff sie weg, ich kann sie nicht mehr sehen", zischte Günter, als er mich in Justins Armen sah, wandte sich um, ging durch das Tor und verriegelte es hinter sich.

Die Welt zerbarst in tausend Scherben, mein Herz zersprang, löste sich aus meiner Brust, ich war leer- ohne Seele.

Erschüttert starrte ich auf das verschlossene Tor.

Die unfassbare Erkenntnis der Endgültigkeit lähmte mich.

Justin hielt mich noch immer fest umklammert, wir hockten beide auf dem Boden.

Ich schluchzte, konnte mich nicht beruhigen. Justin hob mich auf und führte mich fort, fort von meinem Leben.

„Komm Carla Liebes", sagte er sanft, „ich bringe dich in Sicherheit". Er zog mich mit sich.

„Wohin gehen wir", stammelte ich benommen, obgleich es mich nicht interessierte, mein Leben war zu Ende, er hatte mich verstoßen, aus dem Paradies gejagt.

„Frag nicht, komm mit!", sagte Justin.

Es ging über Stock und Stein wir stolperten über

Wurzeln und Gestrüpp bis ich merkte das er mich auf den Weg, den Hang hinauf zur Höhle führte, mir war alles egal.

Sollte er mich in die Höhle stoßen auf das ich dort verrotte.

„Wir gehen in das Jahr 2060, hörst du Carla, in das Jahr 2060".

„Ja ja", hauchte ich tonlos und trottete wie im Trance neben ihm her.

Wir gingen in die Höhle und in das Jahr 2060 in das Center. Dort bestellte er eine Suite für uns.

„Kauf dir alles was du benötigst", riet er mir, „soll ich dich begleiten?"

„Nein nicht nötig".

„Gut, dann warte ich im Restaurant auf dich", sagte er und gab mir seine Girokarte.

Ich besorgte mir die nötigsten Kleidungsstücke, Wäsche zum Wechseln, Kosmetik und Pflegeartikel, denn ich besaß ja nur, was ich am Leibe trug.

Mit Taschen beladen suchte ich das Hotelzimmer auf.

Ich erfrischte mich, beseitigte alle Spuren meiner Heulerei, kleidete mich um und betrat das lauschige Restaurant.

Hier hatten wir uns vor vielen Jahren das Erste mal gesehen.

Er sprang auf als er mich kommen sah und eilte mir lächelnd entgegen, führte mich an seinem Tisch und rückte mir einen Stuhl zurecht.

Ganz Gentleman, reichte er mir die Speisekarte.

„Ich habe schon bestellt Liebling, such dir was Feines aus, du wirst doch sicher Hunger haben".

Ich hatte Hunger, nach der Klettertour.

Später besuchten wir noch die Bar.

„Du bist wie immer die schönste Frau von allen, alle Männer starren dich an, daran muss ich mich erst gewöhnen", sagte er, und legte besitzergreifend den Arm um mich.

Wir tranken, ein wenig zu viel, ich versuchte meine Gedanken in eine andere Bahn zu lenken, nicht daran denken was erst vor ein paar Stunden geschehen ist.

Denk an was Schönes, sagte ich zu mir, doch was gibt es schönes ohne meinen Liebsten.

Ich lächelte, lächelte gekünstelt, machte gute Miene zum bösen Spiel.

Justin verschlang mich mit den Augen, er hat keine Vorstellung wie ich leide, wie es schmerzt, wie es in mir aussieht! Dachte ich und lächelte.

Der Wein machte mich müde und gleichgültig, aber ich zögere es hinaus, ihm in das Zimmer zu folgen, viel lieber wäre ich jetzt allein, aber dann würden mich die trüben Gedanken erdrücken.

Justin kam, bis auf einen Slip bekleidet aus dem Bad und streckte sich wohlig räkelnd im Bett aus.

„Ich bitte dich, fass mich nicht an", begann ich zu schluchzen, „du darfst meine Situation nicht ausnutzen".

„Nein natürlich nicht, was denkst du denn von mir", sagte Justin ernsthaft.

Er hatte sie endlich, die Frau die er solange schon wollte, was spielte da eine Nacht für eine Rolle, er konnte auch zehn Nächte warten, wenn es sein musste.

Nun hatte er sie endlich, sie war bei ihm.

Als ich aus dem Bad kam, löschte ich sogleich das Licht und schlüpfte unter die Decke, bald darauf hörte ich Justin schnarchen.

Ich lag noch lange wach, obwohl ich todmüde war.

Das ist jetzt also das Ende unserer großen Liebe, ich habe alles zerstört.

Nie wieder werden mich seine Augen anblitzen, nie mehr wird er mich in seinen starken Armen halten, mich nie wieder ...ich weinte mich leise in den Schlaf.

Was wird jetzt werden, dachte ich als ich morgens erwachte.

Ich drehte mich auf die Seite und sah direkt in Justins Augen. Sicher hat er mich schon lange betrachtet.

„Guten Morgen Liebling!", sagte er und begann mein Schultern zu streicheln, seine Hände wanderten weiter.

Ich sprang aus dem Bett.

„Wo willst du denn hin", fragte er belustigt, „wir haben alle Zeit der Welt, du hast nichts zu tun, du brauchst nicht zu kochen, nicht zu putzen, keine Wäsche waschen, komm also ins Bett zurück".

Er hatte Recht, ich hatte nichts zu tun den ganzen Tag, ich kroch wieder ins Bett und zog die Decke bis zum Kinn.

„Ich werde dich nicht anrühren, wenn du es nicht willst, ich bin kein Heißsporn mehr".

„Was soll jetzt werden, was wird aus mir", sagte ich mehr zu mir selbst.

„Ich werde dich natürlich so schnell wie möglich

heiraten, eine Frau wie du muss beschützt werden vor den anderen Männern".

„Aber wir sind doch verheiratet!", sagte ich dümmlich.

„Ach ja? wie schön für uns", sagte Justin grinsend.

„Ich meine du bist verheiratet und ich bin es auch".

„Ich war noch nie verheiratet", meinte Justin „und du Liebes, bist es nur in der alten Zeit, also nur in 18 hundert, ich werde dir neue Papiere besorgen und dann lassen wir uns trauen, je eher desto besser, ich werde dich nie wieder allein lassen, mich wirst du nicht mehr los".

„Günter hat dich in meine Hände übergeben, er gibt dich einfach fort nur wegen einer einzigen betrogenen Nacht, wie armselig, das soll Liebe sein"?

„Du warst sein Besitz und bist einmal von einem anderen benutzt und beschmutzt worden..."

„Schweig" – rief ich aufgebracht, „ich bin keine Ware die herumgereicht wird".

„Willst du lieber allein sein?", fragte er.

„Nein, ich war noch nie allein!"

„Na also, du magst mich doch noch, oder?", fragte er.

„Ja schon, aber das geht mir alles viel zu schnell".

„Jeder Tag den wir warten, ist ein verlorener Tag, dein Günter ist nicht mehr dein Günter, er wird dich nie wieder zurücknehmen, er will dich nicht mehr sehen, hat er das nicht gesagt"?

Ich brach wieder in Tränen aus.

Er tröstete mich.

„Ich werde immer für dich sorgen, ich werde nie mehr eine andere ansehen so lange du bei mir bleibst, ich

habe schon so lange auf dich gewartet mein Liebling".
Er kam unter meine Decke und küsste mir die Tränen
fort. Er hielt mich fest in seinen Armen.

„Alles wird gut", versprach er und flüsterte mir
Zärtlichkeiten ins Ohr, seine Hände wanderten über
meinen Körper, geübt und wissend, entfachte er ein
Feuer der Sinne, eine Explosion der Gefühle, ich
erbebte in seinen Armen, erglühte, zerschmolz, löste
mich auf und flog davon.

Gegen Mittag betraten wir wieder das Restaurant.
Wir blieben drei Tage in dem Center zusammen, dann
verabschiedete er sich.

Er hatte dringendes zu erledigen.

Ich war allein, zum Grübeln verurteilt.

Oh wie quälte mich das Heimweh, die Sehnsucht nach
Günter, es schmerzte fürchterlich, mein Magen
krampfte sich zusammen.

Ich dachte an das köstliche Erwachen, das
unglaubliche Staunen, so manchen Morgen nach dem
erwachen – zu glauben übersprudeln zu müssen vor
Glück.

Nun erkannte die Endgültigkeit meiner Situation.

Die Zeit mit Günter war Vergangenheit, unsere
gemeinsame Ewigkeit – gescheitert.

Meine Lippen zuckten, die Augen brannten, ich wollte
nicht mehr weinen, es gab nicht genug Tränen für
mein Leid.

Ich machte mich fein und stolzierte durch das Center,
kaufte alles was mir gefiel, geriet in einen
Kaufrausch, nur nicht an Morgen denken.

Ich hatte alles auf dem Bett ausgebreitet und drehte

mich vor dem Spiegel in dem neuen Outfit, nicht übel die Dame dort, die verschmähte Frau, die Ehebrecherin.

„Günter"
Er hatte sich mit Alkohol betäubt, hatte Geschirr in der Küche zerschlagen. Die verhängnisvolle Seite aus dem Buch hatte er längst verbrannt, er hatte gewütet und getobt bis er zusammenbrach und schließlich auf dem Fußboden einschlief.
Er fand sich auf dem Teppich wieder, sein Schädel brummte, eine leere Flasche lag auf dem Boden neben ihm.
Sofort war er wieder in der Gegenwart.
Ich bin jetzt allein, meine Liebste ist fort, ich selbst habe sie fortgejagt. Er schlug sich an die Stirn, ich bin ein solcher Idiot, mein Liebstes auf der Welt habe ich fortgegeben, habe ich sie einfach ziehen lassen, mein Leben, ohne sie lebe ich nicht mehr, ich vegetiere.
Er öffnete eine weitere Flasche und trank, bis er erneut in Tiefschlaf versank....
Er lief mit ihr über eine Wiese, sie lief vorweg und lachte laut, er holte sie ein, sie umarmten sich, lachten sich an und ließen sich ins Gras fallen, kicherten und küssten sich.
Immer lachte sie in seinen Träumen, sie strahlt ihn an, breitet die Arme aus, komm Liebster fang mich, rief sie und lachte. Er ging mit ihr durch einen Festsaal, alle erhoben sich von ihren Plätzen, stierten sie an und klatschten. Meine Göttin, dachte er, sie hat nur Augen

für mich, mein Mädchen, sie gehört nur mir.

Warum liegt er hier auf dem Teppich?

Er hat getrunken, gesoffen, ach ja, wegen ihr.

Sie ist wieder einmal fortgelaufen, will ihn strafen.

Sicher wird sie noch ihre Sachen holen wollen. Er wird sie aber nicht gehen lassen, nie wieder – es klopft und klingelt an der Tür, sie kommt, denkt er glücklich, sie kommt schon wieder, ich muss aufräumen.

Die Tür kracht auf, Wolfgang und Hermann stehen fassungslos vor ihm.

„Was ist los?", lallt er, „warum glotzt ihr mich so an?"

„Steh auf Vater, steh aus dem Müll auf, du stinkst, wasch dich, ist sie dir mal wieder davongelaufen".

„So etwas passiert alle Tage, deswegen lässt man sich nicht so gehen, ich schäme mich für dich".

„Du schämst dich für mich, du hast ja keine Ahnung oder hast du schon mal so eine Frau gehabt"?

Wolfgang schüttelte den Kopf.

„Natürlich nicht", sagte Günter, „so ein Weib gibt es auch nur einmal und sie war mein Weib, ich habe sie fort geekelt, habe sie Justin geschenkt", lallte er und schlug sich wieder mit aller Kraft gegen die Stirn bis ihm schwindlig wurde.

Drei Nächte und Tage hatte er gesoffen bis zum Koma.

Hermann und Wolfgang entkleideten ihn, schleppten ihn unter die Dusche und belebten ihn mit kalten Wasser, den Rest erledigte er dann allein.

Der Alkohol wurde aus der Wohnung entfernt, sie räumten auf und reinigten Stube, Küche und Bad.

Günter wurde zum Ausnüchtern Joggen geschickt.
„Du läufst so lange bis du wieder klar bist im Kopf,
und wenn du um fünf Dörfer laufen musst, wir
werden den Saustall hier wieder in Ordnung bringen".

Hier werde ich nicht lange bleiben, hier in dieser Zeit,
dachte ich, das ist nicht mehr mein Leben, aber wo ist
jetzt mein Leben? Meine Zeit, meine Zukunft ohne
meinen Gefährten.
Ruhelos lief ich durch die Hallen ohne mich für
irgendetwas zu interessieren.
Ich sah nicht die Augen die auf mich gerichtet waren,
noch bemerkte ich irgendeine Veränderung.
Mich kümmerte keine Urzeit, kein Wochentag.
Ich ging wie eine Schlafwandlerin, träumte mich in
die vergangene Zeit.
Ich ging mit Günter selbstvergessen, selig, an seinem
Arm gehen zu dürfen.
Wir spiegeln uns in den großen Scheiben aber nur ich
bin zu sehen.
Ich verließ das Center und lief in das Dorf, ging durch
die Straßen, kannte keinen Menschen, es war ja 170
Jahre später, alles war vertraut und dennoch fremd.
Gerne wäre ich um das Dorf gelaufen um meinen
verwirrten Kopf frei zubekommen.
Alles war grau, es hatte zu regnen begonnen.
Das sind die Tränen um unser Elend, mein Elend.
Ich hielt mein Gesicht dem strömenden Regen
entgegen, nass bis auf die Haut erreichte ich die Halle,
ging wie gesteuert in unsere Zimmer, mein
Seelenloses jetziges Zuhause.

Abends kam Justin zurück.

Wenn er nicht mehr kommt ist es auch egal, dachte ich noch eine Stunde vorher, ich werde dann in das Schlösschen fahren und mich dort als Erzieherin versuchen.

Ich brauche keinen Mann, vielleicht gelegentlich eine unverbindliche Romanze, aber bin ich dafür geschaffen?

Ich war auf dem Sofa eingenickt, als die Tür geöffnet wurde. Justin kam strahlend in den Wohnraum.

„Ich habe alles erledigt", sagte er.

„Oh wie schön" antwortete ich, ohne das es mich interessierte was er erledigt hatte.

„Komm Liebes, lass uns speisen gehen, ich habe einen Bärenhunger", sagte er und küsste mich wie selbstverständlich.

Am nächsten Tag rückte er mit der Sprache heraus.

„Ich habe alle Papiere zusammen, wir können jetzt heiraten, ich denke doch, dass du mich heiraten willst oder gibt es noch einen anderen?"

„Es gibt einen anderen, du weißt doch, dass ich verheiratet bin!"

„Bah… der will dich doch nicht mehr haben, er hat in die Scheidung eingewilligt, ich habe ihn aufgesucht, er hat mir alle Papiere unverzüglich ausgehändigt, dich will er nicht mehr sehen".

„Hat er das gesagt?", fragte ich mit brüchiger Stimme, „hat er das wirklich gesagt?"

„Ja das hat er gesagt, mein Liebchen", antwortete Justin.

Er muss voller Hass auf mich sein, dachte ich erschüttert, so schnell kann Liebe in Hass umschlagen, wenn er mich betrogen hätte würde ich ihn dann auch hassen, oder könnte ich ihn gar nicht hassen?

„Du hast ihn also gesehen", fragte ich, „wie sieht er aus?"

„Na ja, wie immer, immer etwas überheblich und eingebildet mir gegenüber".

Ich fragte nicht weiter, ich konnte nicht mehr ertragen, die Endgültigkeit das Ende unserer Beziehung ließ mich verstummen und trieb mir die Tränen in die Augen, ich bedeckte mein Gesicht mit den Händen und wurde von Weinkrämpfen geschüttelt.

„Ich kann dich nicht begleiten heute", schluchzte ich, „lass mich bitte jetzt alleine".

„Wir werden in der alten Zeit heiraten müssen Liebes", sagte er, am nächsten Tag zu mir.

„Wegen deiner Papiere, mir wäre es lieber, wir könnten eine andere Zeit wählen, aber das können wir später immer noch".

Justin hatte jeden Tag irgendetwas zu erledigen, er tat sehr geheimnisvoll.

Er mühte sich mich aufzumuntern.

„Wann werde ich dich endlich wieder lachen sehen Liebchen", fragte er immer wieder.

Ich zuckte die Schultern.

„Irgendwann, die Zeit heilt alle Wunden".

„Ist dein Kummer immer noch so groß?", fragte er besorgt.

Ich nickte nur.

„Das wird schon besser werden, wenn wir erst einmal in unserem eigenen Haus wohnen, wir werden es gemeinsam nach deinen Wünschen einrichten, dann kommst du auf andere Gedanken".

Am Anfang glaubte ich, die Pein der Zurückweisung nicht ertragen zu können.

Doch viel schlimmer war die Seelenqual der verlorenen Liebe meines langjährigen Gefährten, stets durch dick und dünn zu gehen, meine andere Hälfte, mein zweites ich.

So war die Liebe also verpufft, zerplatzt wie ein Ballon, hatte sich in nichts aufgelöst.

„Ach ja", seufzte ich, es war einmal, „ein Prinz und das arme Mädchen, die sich unsterblich in einander verliebt hatten – nichts weiter als ein Märchen, ohne Happy – end".

„Ich habe schon eine schmucke Villa gefunden, sehr geräumig mit einem großen Garten ganz dicht am Wald, es wird dir gefallen Liebes, es ist einige Dörfer hinter dem Schlösschen weiter südöstlich, ich lass uns morgen gleich hinfahren!"

„Wie kommen wir dort hin ohne Auto und Kutsche?"

„Ich habe bereits eine Kutsche gekauft, auch zwei hübsche Braune, sie stehen schon bei dem Kohlenhändler im Stall und warten auf uns".

„Bei dem Kohlenhändler"? fragte ich erstaunt, aber dann müssen wir ja in unser Dorf", sagte ich verwirrt.

„Wir werden natürlich im Dunkeln gehen, wir müssen ja ohnehin durch das Dorf, wenn wir aus der Höhle kommen, es wird ja schon so früh dunkel im November Liebes".

„Ich kann nicht mitkommen", jammerte ich, „wie könnte ich an dem Haus vorüber gehen in dem Günter lebt!"

„Möchtest du lieber hier in diesen Zimmern wohnen bleiben?"

„Nein auf keinen Fall, du hast Recht, ich muss da durch".

„Günter wirst du gar nicht sehen", meinte Justin.

„Ich weiß aber, dass er dort ist!"

„Ach Mädchen, du machst es mir schwer", sagte Justin traurig, „du möchtest nicht länger hierbleiben, aber dorthin willst du auch nicht, möchtest du lieber hier in der Zeit bleiben?"

„Nein auf keinen Fall hier in dieser Zeit", entgegnete ich.

Justin runzelte die Stirn.

„Komm einfach morgen mit, wenn du es nicht erträgst, gehen wir wieder zurück".

„Ok", ich nickte.

Wir machten uns also mit einer Picknicktasche einen Abend später auf den Weg in das Dorf.

Es war noch nicht ganz dunkel, als wir aus der Höhle traten sah ich als erstes Günters Haus.

Es war mein Zuhause für so viele Jahre, dort ist mein über alles Geliebter, dort in dem Haus, dachte ich, wie soll ich es ertragen ihn dort zu wissen und vorbei zu gehen, als gäbe es ihn nicht, es würgte mir in der Kehle.

Justin sah mich besorgt an.

„Er will dich nicht mehr", erinnerte er mich brutal, „er will dich nicht mehr sehen, vergiss das nicht".

Wir gingen nicht in Richtung des Hauses, sondern gleich dem Dorf entgegen, Justin hatte längst einen anderen Weg gefunden, einen Pfad der zwischen Gärten hindurchführte, mitten in das Dorf, direkt zu dem Kohlenhändler und den Ställen.

„Dort im Schuppen steht unsere Kutsche, schau einmal was für ein Prachtstück".

„Wow", sagte ich, „wirklich ein Schmuckstück".

Er klopfte an die Tür des Stallburschen, ein Schein wechselte den Besitzer.

„Spann an Junge", befahl Justin, „wir haben es eilig".

Wir fuhren etwa 1 Stunde.

„Dort ist es", sagte Justin stolz.

Ich war hingerissen und bestaunte das kleine Landgut, Justin bestrahlte es mit der Taschenlampe.

„Ich werde es natürlich noch renovieren lassen, alles nach deinen Wünschen, gefällt es dir, meine Kleine?"

Ich war sprachlos.

„Es ist ein Traum, ein verwunschenes Fürstenschlösschen aus einem Märchen".

Ich hatte mich auf der Stelle in die Traumvilla verliebt und stand noch immer staunend vor diesem Wunder der Architektur.

„Ich wusste, dass es dir gefallen wird", entgegnete er und hielt mich fest im Arm.

Justin hatte längst einen Schlüssel für das Haus.

„Das Haus selber ist noch gut in Schuss", bemerkte er, „wir brauchen nur ein paar Schönheitsreparaturen durchführen, einen Raum habe ich schon gemütlich für uns hergerichtet".

Er leuchtete uns den Weg durch das Haus mit seiner neusten Lampe.

„Morgen, wenn es hell ist wirst du staunen wie geheimnisvoll und verwinkelt das Haus ist, ich habe noch nie ein Schöneres gesehen, die gesamte Bauweise, die Raumaufteilung, alles scheint perfekt".

Er führte mich in eine gemütliche Stube mit wunderschönen alten Möbeln und knipste eine große Stehlampe an.

„Zurzeit gibt es nur Stehlampen, mit Generatoren verbunden, eine Elektroheizung habe ich auch schon besorgt und einen Elektroherd, Kaffeemaschine, Wasserkocher und Microwelle".

„Ich dachte, das wir zwei Küchen einrichten, eine komfortable Wohnküche nur für uns, und eine herkömmliche mit Kohleherd für eventuelle Gäste, die Nachbarn sind hier sehr nett, wir werden eine Einweihungsparty geben müssen, wenn es dann soweit ist Liebes".

„Im Winter werden wir den großen Kachelofen anheizen, dann wird es richtig behaglich hier".

Er redete voller Eifer, endlich hatte er wieder eine Aufgabe, hatte wieder etwas Nützliches zu tun.

Das war wieder der alte Justin wie ich ihn mochte.

Ich schaute ihn von der Seite an.

„Und wenn mir das Haus nicht gefallen hätte?", fragte ich schelmisch.

„Es musste dir einfach gefallen, ich kenne dich doch, du magst alles was von der Norm abweicht, alles was außergewöhnlich ist, nun was sagst du?"

„Was ich bisher gesehen habe ist gar nicht übel, morgen wenn es hell ist werden wir sehen".

Justin machte noch eine Lampe an, ließ wie durch ein Wunder Musik erklingen und brachte die Heizung in Gang.

In einer abgetrennten Nische vor dem Fenster, stand ein breites Bett und ein Monitor.

Er legte einen Film in eine Kassette und man fühlte sich in eine unwirkliche Zeit versetzt.

„Von der Stube zur Küche werden wir einen Durchbruch machen, diese beiden Räume wird nie jemand anderes sehen, wir werden auch ein Wohnzimmer mit Zeitgemäßen Möbeln einrichten ohne Fernseher und Musikanlage, dort können wir dann unbesorgt Gäste empfangen".

Die alten kostbaren Möbel, das prachtvolle Sofa mit der hohen Lehne und den runden Armlehnen, die passenden Sessel dazu, der stabile Tisch aus Edelholz mit verschnörkelter Schnitzerei, ebenso auch die Schränke, alles mit verschwenderischer Schnitzerei, wie um 17 oder 18 Hundert und als Gegenstück dazu der flimmernde Fernseher.

Ich war überwältigt, sprachlos stand ich und staunte.

„Hier ist es ja noch schöner, als auf dem Schloss, wie hast du dieses Juwel nur ausfindig gemacht?"

„Ach das ist einfach ein Glückstreffer".

Er strahlte vor Stolz.

„Für meine Königin der passende Wohnsitz, komm

setz dich", murmelte er und hofierte mich zu der Couch.

Er holte eine Flasche Wein aus dem Schrank und füllte unsere Gläser, er hatte an alles gedacht.

Morgens deckte er den Tisch, Weißbrot, Konfitüre, Butter und Käse standen bereit.

„Den Kaffee musst du machen meine Königin", sagte er lachend, „dort steht die Kaffeemaschine".

„Jetzt weiß ich was du in der großen Tasche hattest", sagte ich, „also das hätte ich dir gar nicht zu getraut".

„Ja ich bin ein Mann voller Überraschungen und Rätsel, oder hast du gedacht ich bin ein langweiliger Schnösel wie Hermann, mein Gott ist das ein Langweiler, außer seinen Romanfiguren hat er nichts im Kopf".

„Könntest du dir vorstellen hier mit mir zu leben, als Ehepaar versteht sich", fragte er, nachdem wir das ganze Haus durchstöbert hatten.

„Das kann ich mir schon vorstellen", sagte ich zögernd.

„Du machst mich so glücklich"!

Jubelte er, hob mich hoch und drehte sich mit mir im Kreise.

„Wir werden hier sehr einsam sein", gab ich zu bedenken!

„Wir werden hier niemals einsam sein, dafür werde ich schon sorgen, wir haben hier sehr nette Nachbarn, sie haben mir schon angeboten, mich bei dem Umbau kräftig zu unterstützen, wir werden dann eine angemessene Einweihungsfeier veranstalten".

„Aber das geht doch nicht, wir haben Strom und Elektrogeräte im Haus", sagte ich, „das werden sie nicht verstehen".

„Ich habe dir doch gesagt, wir werden nur unsere große Wohnküche mit angrenzender Stube mit Strom und allem modernen Schnickschnack, also mit allem Luxus versehen, ebenso ein Bad an unserem Schlafgemach".

„Diesen wunderschönen Raum mit dem originalen zeitgemäßen Mobiliar, sowie die zweite Küche, Diele und die Bibliothek belassen wir so wie es die Zeit verlangt, zudem wird die obere Etage vollkommen mit Strom ausgestattet, also Schlafzimmer und ein großes Luxusbad, du wirst nichts entbehren müssen Liebes".

„Das Bad allerdings wird mir noch sehr viel Mühe machen, Gottlob haben wir einen Brunnen direkt am Haus, ich habe schon zwei leistungsstarke Wasserpumpen besorgt".

„Kopfzerbrechen bereitet mir die Verlegung der Wasserrohre", sagte er und raufte sich die Haare, „am besten ich bringe dich den Winter über im Schlösschen der neuen Zeit unter, dort können wir auch Weihnachten verbringen".

„Und wenn Günter dorthin kommt?"

„Um Gotteswillen, daran habe ich gar nicht gedacht, aber was soll er im Schlösschen der neuen Zeit, also 2060, in diese Zeit fährt er nie".

„Also im Dezember bringe ich dich in das Schlösschen, dort hast du alles was du brauchst, du kannst dir alles kaufen worauf du Lust hast, heute

werden wir erst einmal das Dorf erkunden Liebes".
Wir schlenderten durch den Ort, es war ein Dorf wie
jedes andere, na ja, etwas schöner und gepflegter, so
dicht an einer großen Stadt.

„Dort ist das Standesamt, da werden wir uns trauen
lassen, wir können gleich das Aufgebot bestellen, ich
habe alle Papiere dabei", er nahm meine Hand,
„wollen wir uns trauen?"

„Nicht so schnell", sagte ich!

„Warum sollen wir unnötig Zeit verlieren, wenn du
wüstest was Günter alles über dich gesagt hat, was er
für hässliche Worte über dich verloren hat, ich glaube
das willst du gar nicht wissen", sagte er.

„Nein das will ich nicht wissen, was er alles in seinem
Hass gesagt hat".

„Er hat mir freiwillig alle Dokumente ausgehändigt,
auch deinen Pass, nur um so schnell wie möglich von
dir befreit zu sein und dich nicht mehr sehen müssen,
der kann sich aber auch anstellen, dass alles nur
wegen einer heißen Nacht mit mir, das kann ich gar
nicht verstehen".

„Ich würde dich niemals wieder hergeben, er hat dich
nur als seinen Besitz betrachtet, sich mit dir
geschmückt und angegeben, jetzt hat er die Ehe mit
dir für nichtig erklärten lassen, du weißt ja, er hat alle
Macht dazu, sie ist nicht mehr -Meine- Frau, hat er
gesagt".

„Ich kann das alles gar nicht glauben", stammelte ich
fassungslos, „er hat die ganzen Jahre mit uns einfach
für nichtig erklären lassen, na gut, sei es drum, lass
uns in das Standesamt gehen".

Eine Woche später waren wir ein Ehepaar, unsere
neuen Nachbarn waren Trauzeugen, ich war jetzt Frau
Schering.
Justin hatte Handwerker bestellt, er schuftete mit
ihnen bis zum Umfallen.
Ich bekochte sie alle.
Im Dezember sagte Justin:
„Jetzt wird es ungemütlich hier mein Engel, ich werde
dich morgen in das Schlösschen bringen".

„Ach, die Frau Gräfin beehrt uns mal wieder", sagte
der Portier und verbeugte sich vor mir, „ihr Herr Gatte
war auch unlängst hier!"
Justin bekam einen roten Kopf und verabschiedete
sich gleich in der Halle von mir.
„Es gibt viel zu tun", sagte er, „ich komme dich so oft
besuchen wie es mir möglich ist, wenn es wieder
wärmer wird, komme ich dich holen".
Hier habe ich viele Wochen im Jahr mit meinem
Liebsten verbracht, alles erscheint mir jetzt so
unwirklich wie ein Traum, dachte ich wehmütig.

Im März kam er und holte mich heim in das
wunderschöne Haus am Walde.
Er trug mich über die Schwelle.
„Willkommen zu Hause" sagte er feierlich.
Wohlige Wärme und leise Musik hüllte uns ein.
„Die Wasserrohre sind gelegt, ich habe tief ins
Erdreich graben müssen damit die Rohre im Winter
nicht kaputt frieren, auch die Stromkabel sind alle
gezogen, die Küche kannst du in Besitz nehmen

Schätzchen".

Er führte mich zuerst in unser Schlafgemach, später zeigte er mir stolz alle anderen Räume.

Ich bestaunte die komfortable Küche, das behagliche Wohnzimmer, alles mit der neusten Technik ausgestattet. Ich fühlte mich wohl in dem Haus, doch war ich wirklich glücklich?

Wir gingen in den Garten.

„Für den Garten kommt ein junger Mann, er wird als erstes das Unkraut jäten und die Beete umgraben, alles nach deinen Wünschen, du weißt am besten welches Gemüse wo am günstigsten stehen muss, der Bursche bekommt einen guten Lohn von mir, er wird anständig arbeiten, er kann morgen schon kommen".

Justin schwebte auf Wolken, er war happy, konnte sein Glück kaum fassen, glaubte manchmal es könnte nicht von Dauer sein.

Er fühlte sich als der glücklichste Mann der Welt.

Er hatte seine Lebensaufgabe in zweierlei Hinsicht, er hatte endlich die Frau mit der er sein restliches Leben teilen wollte und das Haus.

So ein Haus zu einem behaglichen Nest zu gestalten, war eine ständige Herausforderung, er hätte Jahre zu tun.

Er war immer freundlich und liebenswert, verstand sich gut mit seinem Engelchen, wie er sie nannte, jedoch er konnte sie nicht von ihrer Schwermut, aus ihrer Melancholie reißen.

Doch das machte sie ihm noch begehrenswerter, sie erschien ihm rätselhaft mit ihrem sanften lächeln.

Doch sie wusste immer was sie wollte, erreichte stets alles ohne je laut zu werden, er gab ihr gerne nach, erfüllte ihr jeden Wunsch, betete sie an im geheimen. Nach außen hin gab er sich gelegentlich streitbar, sie sollte nicht glauben, dass er keinen eigenen Willen hatte.

Sie lachte dann verschmitzt und wussten doch, dass er ihr stets nachgab.

Ich hatte endlich wieder eine Aufgabe in Haus und Garten, Justin war ein prima Kumpel, in vielen Dingen glich er Günter, jedoch ich konnte ihn nicht lieben, er war nicht Günter, dennoch führten wir eine gute harmonische Ehe.

„Günter"
Der Sommer ist zu Ende, der Himmel ist trübe so wie
meine Gedanken.
Die Frau meines Herzens, meines Lebens hat mich
verlassen, endgültig.
Ein Jahr ist vergangen, das schlimmste meines
Lebens, ich habe keine Hoffnung mehr.
Warum habe ich sie gehen lassen, sie ist doch ein Teil
von mir, was immer sie auch getan hat, alles würde
ich ihr mit der Zeit vergeben, wenn sie nur bei mir
wäre. Wolfgang und Hermann kommen heute Abend
mal wieder zu meiner Aufmunterung.
Bah…sie können meine Seelenqual nicht lindern.
20Jahre waren wir verheiratet in diesem neuen Leben.
Gestern wollte ich unsere Trauungsurkunde
nachlesen, gleichwohl, sie ist verschwunden, so wie
alle Papiere von Carla, sogar ihr Pass, wann hat sie
das alles geholt?
Sie ist doch nie wieder hier gewesen, die Tür war
immer verschlossen.
Ich wollte dabei sein, wenn sie ihre Sachen holen
kommt, sie sollte nicht heimlich ihr Habe abholen, ich
wollte sie sehen und aufhalten, merkwürdig.
Wolfgang und Hermann kamen.
„Kopf hoch Alter", sagte der Junge.
„Lass dich nicht unterkriegen", meinte auch
Hermann.
Wir redeten zunächst über Belanglosigkeiten.

„Habt ihr den Justin einmal wieder gesehen", fragte ich.

„Ja, aber das ist schon fast ein Jahr her, ich glaube das war an dem Tag als wir dich volltrunken vorgefunden haben, er kam direkt von dir, er sagte damals, du liegst im Alkoholkoma, wir sollten mal nach dir sehen".

„Er war vorher hier, hier in meinem Haus, dann war er es", folgerte ich.

„Hast du ihn nicht gesehen?",fragte Wolfgang.

„Nein, ich war im Vollrausch, aber seitdem fehlen mir wichtige Dokumente".

„Was sollte der mit deinen Dokumenten?"

„Unsere Heiratsurkunde ist verschwunden und Carlas Papiere, sogar ihr Ausweis".

„Sollte der so dreist sein?"

„Ja sicher, du hast Recht, das traue ich ihm zu, so kann er Carla heiraten, obwohl sie mit dir verheiratet ist, irgendwo, wo die beiden keiner kennt!"

„Aber sie ist nicht von mir geschieden".

„Ach, eine Ehe kann hier von höherer Stelle für nichtig erklärt werden, wie meine Ehe damals, das weißt du doch, du selbst könntest deine Ehe für ungültig erklären lassen aus irgendeinem Grund".

„Aber das hätte ich nie getan, du glaubst sie sind möglicherweise schon verheiratet?", fragte Günter entsetzt, „der Schurke mit meinem Mädchen".

„Dem Kerl traue ich alles zu, denk nur an sein unrühmliches Ende im vorigen Leben", bemerkte Hermann, „ich weiß noch vieles von damals!"

„Aha, ihr habt also das Buch gelesen?"

„Nicht wir, nur ich", antwortete Hermann, „nur den letzten Teil, darin war das Geschehen von damals kurz beschrieben, quasi als Erinnerung".

„Ich sitze hier und warte auf Sie und Sie ist längst mit einem anderen verheiratet".

Er schlug sich an die Stirn und begann hysterisch zu lachen, ein Lachen das bald dem Heulen eines Wolfes glich.

Wolfgang unterbrach das peinliche Geheul.

„Was war eigentlich zwischen Euch?", fragte er laut und wiederholte seine Frage noch lauter.

„Ich meinte eine so große Liebe, kann doch nicht einfach so von einer Minute zur anderen erlöschen".

„Ich weiß selbst nicht mehr so genau was der Auslöser war."

„Vermutlich hat sie mich mit dem Kerl betrogen und ich habe sie nicht mehr in das Haus gelassen, ich hatte zu der Zeit wohl schon eine halbe Flasche Whisky intus, ich war so wütend als ich die Beiden zusammen sah, so eifersüchtig".

„Er hatte den Arm um sie, ich sehe es noch vor mir, wäre sie allein vor dem Tor gestanden...ich glaube ich hätte sie geschlagen in meinem Zorn und es sofort wieder bereut, dann hätte ich sie ins Haus getragen, meine Kleine, alles hätte ich ihr verziehen, wenn sie nur hiergeblieben wäre".

„An diesem Abend jedoch war ich wie toll, ich bin total ausgerastet, habe gewütet wie ein Irrer, dann habe ich sie auch noch mit diesem Gigolo zusammen gesehen, wie soll ich jetzt weiterleben ohne sie, ich lebe doch gar nicht mehr, was ist das für ein

Scheißleben, wofür arbeite ich und schaffe Geld heran?"

„Du hast es doch schon ein Jahr überstanden", sagte Wolfgang, „es tut uns leid um deine verlorene Liebe, aber tröste dich, uns fehlt sie ebenso".

„Was soll das heißen", fragte Günter ärgerlich, „habt ihr sie verloren oder ich?"

„Reg dich nicht so auf Alter", fuhr Wolfgang fort, „ich meine wir alle arbeiten wie die blöden und wissen nicht wofür".

„Ihr könnt euch doch jeder Zeit eine Frau suchen, für mich aber kommt nur diese eine Frau in Frage, ach, was soll das ganze Gerede, es bringt doch nichts".

„Das will ich nicht sagen", meinte Wolfgang, „ich an deiner Stelle würde ein wenig nachforschen".

„Auch das bringt nichts, wenn sie ihn geheiratet hat, dann doch sicher freiwillig, man kann eine Frau doch nicht zur Heirat zwingen!"

„Das nicht", sagte Hermann, „aber man kann sie manipulieren, wer weiß was er ihr über dich für Lügen erzählt hat, etwa das du sie nicht mehr sehen willst".

Oh wie ich sie will, dachte Günter, wenn sie mich noch ein bisschen mag, würde ich ihr alles verzeihen, aber sie hat mich sicher schon längst vergessen!

Wir hatten das Haus soweit fertig eingerichtet. Die Pferde standen sicher im Stall, sie wurden von einem Stallburschen versorgt.

Ich hatte meinen Garten, Hühner und Kaninchen. Justin war ein aufmerksamer, liebevoller Partner, wir konnten uns stundenlang unterhalten.

Wir hatten Freunde, empfingen regelmäßig Gäste und wurden ebenso oft eingeladen.

Nun nach über einem Jahr hier in dem Ort, in der Straße, hatte man sich halbwegs an mein ungewöhnliches Aussehen gewöhnt.

Mittlerweile wurde ich nur noch von den Männern angestiert, woran ich gewohnt war.

Ich bewegte mich ungezwungen, war zu jedermann freundlich aber reserviert kühl, die einzige Methode die Männerwelt auf Abstand zu halten. Ich hatte nicht das geringste Bedürfnis nach einem Flirt oder gar etwas mehr.

Er war noch immer nicht verblasst, wenn ich die Augen schloss sah ich ihn ganz deutlich vor mir, seine blitzenden Augen, der Blick der mich tief berührte, dem ich mich nicht entziehen konnte.

Ich sah ihn vor mir, -Er- war es, der mich liebte, wenn Justin mich nachts umarmte. Selbst jetzt saß er neben mir an seiner Stelle.

Das Bad war endlich fertig, das Wasser floss aus allen Hähnen, nun konnte ich nach Herzenslust baden.

Wir fuhren oft in die Stadt besuchten Konzerte, gingen ins Theater, sahen Musicals und lustige Operetten.

Ich hatte alles was ich brauchte, ich hätte glücklich sein können aber ich war unglücklich, alles fühlte sich falsch an.

Der Mann an meiner Seite sollte ein anderer sein, der aber wollte mich nicht mehr, hatte mich verstoßen.

Noch immer musste ich täglich an Ihn denken, das Leid wurde mit der Zeit etwas weniger.

Ich hatte die große Liebe erleben dürfen, oder war das gar nicht die große wirkliche, einmalige Liebe?

War ich ihm nur hörig und er sah mich nur als seinen Besitz? Ja natürlich war es so, aber auf beiden Seiten.

Er war mir ebenso hörig und ebenso sah ich ihn als meinen Besitz.

Was wäre gewesen, wenn er mich betrogen hätte, was hätte ich getan?

Ich wäre krank vor Enttäuschung und Eifersucht geworden.

Der Schmerz hätte mich zerbrochen, ich wäre gestorben aber so schnell stirbt sich nicht, vielleicht wäre ich verrückt geworden und verstummt.

Er aber hat mich nicht betrogen, sondern von sich gestoßen.

„Schatzi, träumst du wieder, du antwortest mir nicht?", sagte Justin und schüttelte mich leicht.

„Ich habe tatsächlich geträumt, von der kleinen Maria, ich habe dich nie gefragt ob du dich ausgesprochen hast mit Maria".

„Maria", wiederholte er, „ich muss gestehen, ich habe sie nie wiedergesehen, also sie war nicht mehr da, nichts von ihr, keine Spur von ihr ist zurückgeblieben, als hätte es sie niemals gegeben!"

Ich nickte, das habe ich befürchtet, dachte ich.

Was mach ich mir so viele Gedanken, ich muss mich mit meinem jetzigen Leben abfinden, mit mir selbst ins Reine kommen.

Mir geht es hier sehr gut, Justin vergöttert mich

meistens, Gott sei Dank nicht immer, gelegentlich lass ich ihn Recht behalten dann geschieht was er will.
Ich glaube er liebt mich wirklich, vielleicht mehr als Günter es jemals getan hatte, doch da war etwas das mir gar nicht gefiel.
Allein in unserer Kammer, wenn ich in seinen Armen lag, sagte er immer wieder die gleichen Worte.
„Jetzt gehörst du mir, ich wollte dich schon immer und ich habe dich bekommen, ich habe schwer um dich kämpfen müssen".
Was hat er schon kämpfen müssen, dachte ich, alles war nur Zufall, der Zufall hat uns zusammengebracht.
Ein gestandener Mann aus dem 21. Jahrhundert, tönt wie ein Poet aus dem 17. Jahrhundert, das passt gar nicht zu ihm.
Ist er etwa genauso besitzergreifend wie Günter es immer war? Bewacht und belauert er mich!
Ich war hier noch nicht oft allein unterwegs, außer zu einem Kaffeeklatsch bei den Nachbarn und gelegentlich einem kurzen Gang in den Wald.
Auf den Markt begleitete er mich grundsätzlich, das hat er ja auch schon früher gerne getan, er schmückt sich eben gerne mit mir.
Bei einem Konzert in der nahen Stadt, wir saßen in der Loge, sah ich plötzlich ein bekanntes Gesicht, Graf Otto, er hatte eine neue Frau dabei. Graf Otto, Günters Urgroßvater, dem Vater des jüngsten Günters. Noch hatte er mich nicht gesehen.
Ich erhob mich eilig und lief aus der Loge, lief aus dem Theater.
Unschlüssig ging ich auf der Straße hin und her.

Ich wartete auf Justin bis es mir zulange dauerte, ich winkte eine Droschke herbei und ließ mich nach Hause in unser kleines Dorf fahren.

Meine Güte, warum muss ausgerechnet ein Verwandter meinen Weg kreuzen, dachte ich auf dem Weg nach Hause. Justin kam zwei Stunden später, er war sehr wütend.

„Ich habe dich stundenlang gesucht, was sind das für Spielchen die du mit mir treibst?"

„Ich war in großer Sorge um dich und du sitzt hier seelenruhig vor dem Fernseher, was hast du dir dabei gedacht?"

„Kannst du dir nicht denken, dass ich einen Grund dafür hatte?", fragte ich.

„Was soll das für ein Grund gewesen sein?"

„Ich habe den Grafen Otto im Theater gesehen!"

„Den Grafen Otto, bist du sicher, hat er dich auch gesehen?", fragte er alarmiert.

„Ich hoffe nicht, vielleicht hat er mich auch gar nicht erkannt mit dem neuen Hut".

„Dich nicht erkennen? jeder erkennt dich wieder, du bist eine einmalige Erscheinung".

„So so, ich bin also eine Erscheinung wie ein Geist!" sagte ich schmunzelnd.

„Ja du bist eine Erscheinung, du erscheinst den Männern im Traum, hat Wolfgang und Hermann das nicht immer gesagt?"

„Ach, das ist etwas ganz anderes, die haben mich aus einem anderen Leben gekannt, das waren Erinnerungsfetzen, die haben sie nur im Traum gesehen!"

„Ich habe dich nicht nur im Traum gesehen, auch in Wachträumen".

„Ja das kenne ich auch, diese Wachträume, das ist wie eine vage Erinnerung an Begebenheiten aus einem alten Film den man einmal gesehen hat".

„Ja genau, als ich dich damals im Lokal gesehen habe, wusste ich, dass ich dich kenne aber ich wusste nicht woher, ich konnte dich nicht wieder vergessen".

„Hast du denn auch Erinnerungsfetzen an dein Ende", fragte ich, „wir haben dir doch erzählt wie dein Ende...ich meine was du getan hast, jetzt wo du es weißt".

„Nein daran erinnere ich mich nicht, ich habe mich also selbst gerichtet, mein Leben beendet wegen dir?"

„Oh nein, nicht wegen mir, deine Unfähigkeit gewisse Dinge zu akzeptieren hat dich dazu getrieben, du hast etwas Unverzeihliches getan".

„Ach ja, ich hatte dich entführt!"

„Du hast mich eingesperrt wie ein Tier, in einem verlassenen einsamen Haus, hattest du alle Fenster zugenagelt und hast mich dort tagelang allein gelassen".

„Und warum habe ich das getan?"

„Du wolltest mich für dich haben wie ein Spielzeug etwa", antwortete ich.

„Und, hatte ich dich?", fragte er.

„Nein, log ich, es war alles umsonst, Wolfgang hatte mich damals gefunden und befreit, dir drohte ein langer Aufenthalt im Zuchthaus, darum hast du dich erschossen".

„Aber jetzt habe ich dich mein Engel, jetzt gehörst du mir, nur mir, jetzt gibt es keinen verliebten Günter mehr der dich beansprucht, denn der hat dich abgeworfen wie einen lästigen Ballast, du hast jetzt nur noch mich, komm in meine Arme mein Liebchen", sagte er zärtlich, „ich werde dich verwöhnen, so wie du es verdienst".

Er trug mich in die Kammer.

Er hat zwei Seiten. Eine gute, und eine dunkle, manchmal macht er mir Angst, dachte ich.

Die nächsten Tage überlegte ich immer wieder ob der Graf Otto mich möglicherweise doch gesehen hat, das könnte fatale Folgen haben.

Warum eigentlich, dachte ich später, wir sind doch rechtmäßig verheiratet, oder etwa nicht?

Mir kamen erste Zweifel.

Alles lief damals zu schnell, zu glatt, eine Scheidung dauert lange, jedoch in der alten Zeit und bei Günters Einfluss?

Aber wie kann eine Ehe nach über 20 Jahren für nichtig erklärt werden, nun ja es gab keine Kinder aber dennoch, irgendetwas stimmt hier nicht!

Wir müssen einmal ernsthaft darüber reden, sollte ich etwa eine Bigamistin sein, drohte mir möglicherweise eine Strafe, Unwissenheit schützt vor Strafe nicht.

Ich hätte so gerne wieder einmal mit Wolfgang und Hermann zusammengesessen, um der alten Zeiten willen. Sollte ich einfach mal heimlich in das Dorf reisen, ich könnte jederzeit eine Droschke mieten, so dicht an der Stadt gab es viel mehr Möglichkeiten als in der tiefen ländlichen Provinz.

Das wäre natürlich nicht nach Justins Geschmack, denn wir hatten alle Brücken abgebrochen, als hätte es diese andere Zeit und diese lieben Freunde niemals gegeben.

Jetzt haben wir andere Freunde, hatte mich Justin belehrt.

Na ja, flüchtige Freunde, aber keine Vertrauten mit denen man über alles reden konnte, keine tiefgreifenden Gespräche führen, nur bla bla, über das Wetter und die Gemüseernte, die ach so moderne Zeit, über Arbeit und Löhne von denen wir nicht die geringste Ahnung hatten.

Wir ließen uns gerne aufklären.

Alle rätselten womit Justin wohl sein vieles Geld verdienten möge, ich eingeschlossen, denn in dieser Zeit hatte Justin keinerlei Einkommen, nicht von denen ich wüsste.

Dennoch schien seine Geldquelle nie zu versiegen, wir lebten auf großem Fuße.

Unser Lebensstil galt als protzig.

Doch die einfachen Leute fühlten sich offenbar geehrt als unsere Freunde gelten zu dürfen.

Sie vermieden es, peinliche Fragen zu stellen, derer es vermutlich sehr viele gab. Angefangen mit unserer für sie seltsamen Kleidung, unsere pompöse Einrichtung, ja selbst die Speisen in unserem Hause waren anders, vieles hatten sie noch nie vorhergesehen oder gekostet.

„Wir müssen vorsichtiger sein Justin", sagte ich eines Tages.

„Herr Gott ja,- die Speisen, die sie nicht kennen,
bringe ich aus dem Ausland mit und die Möbel haben
wir extra anfertigen lassen von Experten, die
Elektrogeräte haben sie ja nie zu sehen bekommen,
war das nicht eine gute Idee die Heizungen mit
Ofenattrappen zu umkleiden Liebchen?"
„Ja das war eine tolle Idee aber eines Tages könnte
alles auffliegen, ebenso die vielen anderen Geräte im
Schrank versteckt, sie brauchen nur die falsche Tür zu
öffnen aus Versehen".
„Dann werde ich die Türen eben verschließen".
Die große Küche hatten wir im Urzustand belassen,
den alten massiven Kohleherd, den Spülbottich auch
den derben Tisch.
Die wunderschönen Bauernschränke zeigten das Ende
des 18. Jahrhunderts, dort konnte ich jede neugierige
Hausfrau hineinlassen.
Unsere moderne Küche in der ich täglich arbeitete,
kochte und alle leckeren Speisen zubereitete, diese
Küche blieb nur uns vorbehalten.
Ebenso unser Luxusbad und das große Wohnzimmer
mit den vielen Sitz und Liegeelementen, sowie die
unverzichtbaren Elektrogeräte wie etwa der
Fernseher, Stereoanlage und vieles mehr, bekam
keiner der Gäste je zu sehen.
Zu unseren feierlichen Anlässen sorgten ein Diener
und zwei Hausmädchen für einen reibungslosen
Ablauf der Bewirtung für unsere Gäste.
Die Besuche des Theaters waren ab sofort gestrichen,
ebenso der Tanztee in der luxuriösen Hotelhalle.

„Ich brauche das alles nicht", sagte Justin, „mir genügt allein deine Gegenwart".

Das Haus, unser Haus hatte sich bisher keiner aus dem Dorf und den umliegenden Orten leisten können. Es gehörte vorher einem Künstler, der sehr alt geworden, nach dem Ableben seiner Gattin zu seinen Kindern gezogen war. Justin hatte sofort gehandelt und das Grundstück zu einem für ihn annehmbaren Preis erworben.

Der hat wohl ein unerschöpfliches Vermögen, tuschelten die Nachbarn unter sich.

Es gab keinen Vertrauensaustausch zwischen ihnen und uns.

Von uns wussten sie nur was wir erfunden, uns zurechtgelegt hatten, wir indes wussten mittlerweile alles von ihnen. Umgekehrt jedoch, blieben wir Rätselhaft, Exotisch, Unergründlich für sie.

Wir feierten alle anfallenden Feste zusammen, sie glaubten mittlerweile uns zu kennen, doch sie wussten nichts von uns.

Graf Otto hatte mich sehr wohl gesehen an dem gewissen Abend im Theater.

Diese Frau fällt aus jedem Rahmen, man sieht sie, man wird auf sie aufmerksam, bei einem Rundblick man kann sie nicht übersehen.

Ist es dem eingebildeten Cousin jetzt schon zu viel seine eigene Gattin auszuführen.

Er überlässt diese unangenehme Aufgabe einem Hausfreund, oder läuft da etwas zwischen diesem Schnösel, diesem Schönling und der über alles erhabenen Göttin, die mit einem wissenden müden Lächeln auf uns sterbliche herabsieht.

Er hielt ihn für seinen Cousin, er wusste ja nicht… Sicher ist da etwas zwischen den beiden, wie dicht sie beieinandersitzen, wie besitzergreifend der seinen Arm um sie legt.

Ach was kümmerts mich, mögen die sich doch gegenseitig zerfleischen.

Der Kerl, dieser Günter dauert mich nicht ein bisschen, soll die fesche Gattin ihm doch Hörner aufsetzen, dem eingebildeten Alleswisser.

Alles weiß der also auch nicht, der Liebling und Günstling des Alten.

Der hat mir alle meine Ämter weggeschnappt, ohne sie selbst zu bekleiden, nur um mich zu entmachten, jetzt hat er mehr Stimmgewalt als ich, unser Haus ist abhängig von seiner Gnade, er legt die Höhe unserer Apanagen fest.

Und dann hat er auch noch das Glück, solch ein Weib zu finden und zu besitzen.

Die aber macht sich über ihn lustig, solch eine Frau muss man verwöhnen mit Diamanten behängen, behüten, beschützen und hegen.

Der aber lässt sie arbeiten wie eine Dienstmagd, wie ein Bauernweib, dann lässt er sie auch noch im Dunkeln durch die schmuddeligen Gassen der Armenhäuser stolpern, solch ein göttliches Weib.

Er stierte sie durch sein Opernglas an und schüttelte den Kopf, kein Wunder, wenn sie sich andere Vergnügen, wie einen Liebhaber sucht.

Ach wie ihn das freuen würde, Schadensfreude ist

doch die schönste Freude.

„Du klatscht ja gar nicht wenn es angebracht ist Otto, hast wohl wieder eine aufgeputzte Schöne in der Loge entdeckt", beklagte sich seine Partnerin „oder hast du schon wieder geschlafen"?

„Ja ja, mach ich schon!" brummte der Graf zerstreut, aus seinen Gedanken gerissen.

Ich hätte nicht gedacht das sie so leicht zu haben ist, überlegte er weiter, ich hätte es auch versuchen müssen, so eine Begleitung ist ein Schmuck für jeden Mann.

Günter hat ja genug mit ihr angegeben, nun ziert sie einen anderen, verdammt warum habe ich ihr nie den Hof gemacht, ich bin doch auch noch recht ansehnlich, er zwirbelte seinen Bart.

Oh, jetzt setzt sie die Gläser an die Augen, gleich wird sie mich entdecken, ich muss in eine andere Richtung sehen. Dieser Bastard von ihm, dieser Wolfgang der neuerdings die Hausbesuche bei uns tätigt, der weiß doch sicher näheres, den werde ich mal beiläufig nach der Gattin seines Vaters fragen.

Letzte Weihnachten war er schon allein gekommen ohne sie, ich bin mir jetzt sicher, dass sie ihm schon längst davongelaufen ist.

Na ja, bald ist wieder Weihnachten, dann werden wir ja sehen.

Das zweite Weihnachten ohne Günter, dachte ich wehmütig als wir von unserem Großeinkauf mitten in der Nacht zurückkamen.

Ob er immer noch in Hass an mich denkt, oder hat er

41

mich vollkommen aus seinen Gedanken gestrichen?
Ich muss noch immer oft an ihn denken, ich kann ihn
nicht aus meinem Leben streichen.

Er ist stets allgegenwärtig, noch immer denke ich -
was hätte er jetzt gesagt oder getan.

Über 2 Jahre sind wir nun schon getrennt doch ich
sehe ihn täglich vor mir, denke, wenn Justin mich
berührt, mich umarmt, warum kann er es nicht sein,
ich stelle mir dann vor, in seinen statt Justins Armen
zu liegen.

Er flüstert mir zärtliche Worte ins Ohr
„Ich führe dich ins Paradies", solches hatte er mir
ganz am Anfang ins Ohr geflüstert.

Das ist hier also das falsche Paradies, dachte ich.

Ich sehe seine Augen die mich anblitzen, seine Blicke
die mich bis ins Herz treffen, ich spüre den Stich im
Magen, solche Augen hat nur er.

Ich stehe in der Küche, wende den Braten und träume
mich in die Vergangenheit…er kommt zur Tür hinein
und strahlt mich an, Liebste ich bin wieder da, er
breitet die Arme aus, ich fliege ihm glücklich
entgegen, wir fallen uns in die Arme und vergessen
die Zeit.

Oh dieses Gefühl, immer noch durchströmt mich
dieses unbeschreibliche Gefühl, es ist noch immer in
meinem Herzen.

Wie lange wird das noch anhalten wann werde ich
endlich frei sein, frei von ihm, will ich das denn?

Vielleicht verflüchtigt sich sein Hass auf mich und
wir begegnen uns noch einmal, später- irgendwann.

Justin kommt in die Küche gestürmt.

„Ich habe einen prachtvollen Baum gefällt, komm schau ihn dir an mein Engel", sagte er stolz.

Ich folgte ihm in die Diele.

„Ja ein Prachtstück", bestätigte ich und bestaunte ihn gebührend, „ich fürchte du wirst noch einen schlagen müssen, du weißt ja, bei uns ist alles doppelt".

Weihnachten feierten wir allein, Silvester hingegen startete bei uns eine große Party.

Es war mir oft unangenehm von den Ehemännern angestarrt und angehimmelt zu werden, denn die Gattinnen saßen ja dabei.

Ich tat als bemerke ich nichts davon, alles Routine, ich war besonders freundlich und aufmerksam zu meinen Nachbarinnen und verwickelte sie rasch in banale Gespräche, über Kindererziehung, Kirche und Kochrezepte.

Justin hingegen genoss es einfach mein Gatte zu sein, er stolzierte wie ein Gockel und schmückte sich mit der Aufmerksamkeit die mir entgegengebracht wurde.

Justins Finanzen schienen unerschöpflich, immer wieder brachte er etwas neues, ein ausgefallenes Möbelstück, eine kostbare Antiquität oder ein wertvolles Geschenk für mich von seinen Touren mit.

Eines Tages fragte ich endlich.

„Wie ist es möglich, dass du so viel Geld in dieser Währung besitzt?"

„Ich habe mein Geld bei Zeiten gut angelegt, ich besitze inzwischen auch in dieser Zeit Firmenanteile an verschiedenen Projekten, oder glaubst du ich habe die ganzen Jahre in der alten Zeit nur faul auf dem Sofa herum gelegen".

„Ja schön und gut, meine Frage war, wie kommst du an die Reichsmark, du hast doch kein Einkommen in dieser Währung".

„Ach ganz einfach, ich habe schon immer das Geld der Neuzeit mit Günter getauscht, er brauchte Euros für den Lebensunterhalt für das Center, ich aber brauchte sie nicht mehr bei meinem Eintritt in diese Zeit".

„Ich habe mir damals gleich ein Konto angelegt, eingezahlt Monat für Monat, Jahr um Jahr und kaum etwas davon gebraucht, es hat sich angehäuft, jeder hatte so seinen Vorteil"!

„Keine Bank hätte hier Euros in Reichsmark eintauschen können oder umgekehrt, nun bin ich auch hier wohlhabend, du brauchst dir keine Sorgen zu machen, sonst hätte ich mir, dich nicht leisten können".

„Was soll das heißen, bin ich so anspruchsvoll?"

„Nein das bist du keineswegs, aber ich will dir ein Leben bieten wie du es verdienst mein Engel".

„Aber ich brauch keinen Luxus, ich bin keine verwöhnte Prinzessin!"

„Doch das bist du, weil ich dich verwöhnen werde wie eine Königin, du sollst nichts entbehren, aber du entbehrst doch etwas, ich weiß längst das du mich nicht liebst so wie du deinen Günter geliebt hast!"

„Es gibt nur eine große Liebe im Leben, wenn überhaupt", bemerkte ich, „dich habe ich auch sehr gern".

„Sehr gern", sagte er abwertend, „sehr gern genügt mir nicht, ich habe immer gehofft dein ganzes Herz zu gewinnen", fügte er traurig hinzu, „jetzt sind wir bald 3 Jahre verheiratet und nichts hat sich geändert".

„Ist es nicht gut so wie es ist, hatten wir nicht eine schöne Zeit bisher, ich mag dich, ich achte dich sehr, ich bewundere dich und begehre dich, ist das nicht mehr als die meisten Ehemänner von ihren Frauen erhalten?"

„Du begehrst mich also?"

„Och ja, du bist nicht übel, du kannst einer Frau durchaus geben, wovon manche ihr Leben lang nur träumt!"

„So so, wenigstens etwas das dir an mir genügt!"

„Ach Justin, du weißt doch ganz genau das du mir vollkommen genügst, also lass es doch gut sein und quäle mich nicht mit deinen ewigen Zweifeln, ich bin „deine Frau" ich bin für dich alleine da, gehe mit dir durch dick und dünn, teile alles mit dir, deine Sorgen, dein Haus und dein Bett, ist das nicht genug?"

„Ich will nicht nur deinen Körper, ich will auch deine Seele, ich will dich ganz, dein erstes Lächeln, wenn du morgens erwachst, das Strahlen in deinen Augen sehen, wenn du mich anschaust danach, deine Arme, wenn du sie mich umschlingen"….

„Ach Justin", unterbrach ich ihn, „es ist müßig sich weiter darüber auszulassen, es ist wie es ist, wenn es dir nicht genügt, müssen wir uns wieder trennen".

„Ich werde mich nie von dir trennen, nicht in diesem Leben", warf er ein, „nur der Tod kann mich von dir trennen".

Solche Gespräche gab es gottlob nicht oft, wenn sie aber stattfanden, schwebten sie noch lange im Raum. Justin zeigte erste Alterserscheinungen, er war nicht mehr der pfiffige große Junge, frech und immer zu Späßen aufgelegt, er war ein anderer geworden. Ernst und nachdenklich, die viele Arbeit die er sich auferlegt hatte, hielt ihn jedoch munter und beweglich.

Er war hager geworden, das Gesicht, früher immer ein wenig zu schön und sehr weich für einen Mann, war kantig geworden, was ihm einen gewissen Reiz auch im Alter verlieh.

Ich tat ihm offensichtlich gut. Ich war auf dem besten Weg mich doch noch in ihn zu verlieben.

Im vorigen Leben sah er in dem Alter verlebt und verwüstet aus. Aufgeschwemmt von zu viel Alkohol, mit tiefen Tränensäcken, hängenden schlaffen Wangen, glasigen rot unterlaufenen Augen.

Ich hatte solch ein Foto von ihm, dachte ich, doch leider besitze ich nichts dergleichen mehr. Alles Angesammelte von zig Jahren, hunderte Fotos, Filme, meine Büchlein in denen viele viele Jahre gelebtes Leben festgehalten ist, all meine Besitztümer sind sicher längst verbrannt oder auf dem Müll verrottet, auch mich gibt es nicht mehr, ich habe dort nie existiert in dem Haus am Berge.

Möglicherweise hat er längst eine andere Frau im Haus, während ich ihm noch lange hinterher trauere.

Kapitel 3:   Grausame Wahrheit

Günter war zu Weihnachten und Silvester wie jedes Jahr im Schloss bei seinen Verwandten.

Graf Otto grinste ihn hämisch an, Günter wusste warum und fühlte sich hundeelend.

Schadenfreude ist die schönste Freude, dachte Otto, er hatte noch einen Trumpf im Ärmel, ach wird das ein Spaß.

Er wartete noch ein paar Stunden, genoss die Vorfreude bis er es dann endlich herausbrachte.

„Ach Cousin, ich habe dir noch etwas zu berichten, ich habe deine traute Gattin gesehen".

Das traf Günter wie ein Faustschlag, ihm wurde einen Moment schwarz vor Augen, er holte tief Luft.

„Wo hast du sie gesehen?", krächzte er heiser, nach dem ersten Schock.

„Im Theater in der Stadt mit deinem besten Freund, sicher hat er dir nur einen Freundschaftsdienst erwiesen, dir etwas Mühe und Arbeit abgenommen, manche Frauen sind sehr anspruchsvoll, Ha, ha".

Günter musste sich sehr zusammen reißen, seine Faust wollte unbedingt in das dreiste Gesicht des Verwandten, aber das wäre ein Eingeständnis seiner Niederlage.

„Vermutlich hast du Recht, C'est la vie" sagte er schulterzuckend, und nahm somit dem Cousin den Wind aus den Segeln.

Er wendete sich ab und suchte sich andere Gesprächspartner.

Er war mit Wolfgang und Hermann mit dem Auto gekommen und fuhr mit ihnen am gleichen Abend wieder heim.

„Er hat sie gesehen!", sagte er plötzlich auf der Heimfahrt, er musste das Gehörte loswerden.

„Wer?", fragte Wolfgang.

„Otto mein Cousin, er hat sie gesehen, meine Carla, mein Mädchen mit ihm zusammen, alles scheint wahr zu sein, alles scheint so wie ihr es vermutet habt, mit Sicherheit sind die beiden längst verheiratet".

„Aber du bist mit ihr verheiratet", stellte Hermann fest, „diese Ehe wäre ungültig!"

„Wer weiß was der sich für einen teuflischen Plan ausgedacht hat", gab Wolfgang zu bedenken.

„Lasst uns in Zukunft öfters eine Tour in die Stadt machen Jungs!"

„Warum nicht, aber was ist, wenn du sie wirklich triffst und sie dich nicht mehr sehen will, dich nicht mehr anschaut, ja gar vor dir ausspuckt?"

„Dann weiß ich endlich Bescheid und kann abschließen, so schlimm es auch sein wird".

„Und wenn du es nicht verkraftest, immerhin ward ihr über 100 Jahre zusammen, alle Eure Leben zusammengezählt".

„Jetzt siehst du sie mit einem anderen Ehemann, sie schaut dich verächtlich an oder gar nicht, wendet sich einfach von dir ab, will nichts mehr mit dir zu tun haben, damit musst du rechnen Vater, das wird dich umhauen und fertigmachen, du würdest wieder zur Flasche greifen und kaputtgehen".

„Ich werde alles versuchen", entgegnete Günter, „egal was daraus entsteht".

Bald erzählten die Leute aus dem Dorf, das sie schon öfter ein wunderliches unglaubliches Automobil durch den Ort haben rasen sehen, schnell wie ein Blitz, alle liefen eilig von der Straße.

„Das war nicht das erste Mal", erzählte ein Nachbar, „mein Schwager hat es schon öfter gesehen, das letzte Mal fuhr es ganz langsam durch den Ort, darin saßen drei Männer, die die Passanten aufmerksam beäugten, sie schauten in jede Seitenstraße, als wenn sie jemanden suchten, das gleiche geschah in jedem Ort, schien jedoch ohne Erfolg".

„Wenigstens tun wir jetzt etwas", sagte Wolfgang, „du bist ja nicht mehr zu ertragen Vater".

„Wir sollten ein Foto von ihr herum zeigen".

„Das finde ich nicht so gut, dass würde den Halunken warnen".

Justin war gewarnt, denn auch er hörte von dem ungewöhnlichen Automobil.

Wer weiß besser als ich das unser Schmuckstück außergewöhnlich ist, ich selbst habe es ja gebaut!

„Jetzt beginnt die Hexenjagd!", sagte er mehr zu sich selbst.

Er lief im Haus umher.

„Wir müssen verschwinden an einen anderen Ort, am besten auswandern", murmelte er vor sich hin.

Ich hatte es gehört.

„Stimmt etwas nicht mit unserer Heirat?", fragte ich alarmiert, „ich ahne schon lange das nicht alles mit rechten Dingen zugegangen ist".

„Das ist kein Spaß Justin, das wäre ein schweres Delikt, ich könnte als Bigamistin angeklagt und verurteilt werden".

„Nein, so ist es nicht", beteuerte er, „mach dir keine unnützen Gedanken Liebchen".

„Aber was hast du dann zu befürchten?"

„Was ich wohl befürchte… ich befürchte das du mich verlassen könntest, und in deine alte Welt abtauchen, wenn du sie alle wiedersiehst!" sagte er.

Er meint Wolfgang, Hermann und natürlich Günter, dachte ich.

Günter sucht mich, jubelte es in mir, er hat mich nicht vergessen, oder will er nur eine rechtsgültige Scheidung von mir?

Ich hatte wieder Hoffnung und bangte gleichermaßen.

Justin erledigte jetzt alle Besorgungen allein, er fragte gar nicht mehr ob ich ihn begleiten wolle, ich nahm nicht mehr am munteren Leben außerhalb unseres Kreises teil, sah mich gezwungen, mein quirliges Temperament zu unterdrücken.

Bisweilen fühlte ich mich wie ein Baum ohne Wurzeln, oder eine künstliche Blume, eine leere Hülle.

Wir hatten jetzt einen weiten Weg zu den Höhlen, wenn wir in die neue Zeit wollten, auch mussten wir das Dorf umfahren um nicht gesehen zu werden von Bekannten oder gar von Wolfgang und Hermann.

Justin fuhr nur in der Nacht im Schutze der Dunkelheit.

„Das kann ich dir nicht zumuten mein Engel!", sagte

er.

„Ich habe schon anderes überstanden, als eine Bergtour bei Nacht, ich werde dich weiterhin begleiten in das Center", beharrte ich.
Doch Justin machte sich heimlich auf den Weg.
Ich kochte vor Wut, so ließ ich nicht mit mir umspringen.
Ich werde das nächste Mal allein in die andere Zeit reisen. Vielleicht trifft er sich dort mit einer anderen, dachte ich verzagt. Der Gedanke setzte sich bei mir fest je öfter er alleine reiste. Er hat dort eine Affäre und ich sitze hier brav zu Hause.

Ende November war Justin in der Stadt unterwegs um Edelholz für eine Wandvertäfelung zu besorgen, außerdem wollte er noch einen Handwerker aufsuchen, sicher hatte er ihn nicht angetroffen und musste auf ihn warten.
An diesem Nachmittag machte ich mich allein auf den Weg. Im Dorf gab es eine Droschke zu mieten, in Stadtnähe war vieles besser organisiert.
Ich werde endlich mal Hermann aufsuchen, ich hatte so viele offene Fragen, und den Wunsch nach einem belebenden Plauderstündchen mit vertrauten Gesichtern.
Ich freute mich schon auf den Überraschungseffekt.
Später konnte ich im Center gleich ein paar Weihnachtseinkäufe machen.
Ich war aufgeregt wie ein Kind vor einem Ausflug.
Mit Hermann konnte ich über alles reden.
Er würde mir alle meine Fragen beantworten, ich

hoffte ihn anzutreffen in seinem schmucken Hause.

Hermann ist fast immer daheim, er muss ja schreiben, das ist sein Leben, seine Berufung, vermutlich weiß er gar nichts, befürchtete ich, meine Hoffnung sank, aber Wolfgang, der ist doch jeden Tag mit ihm zusammen, er erlebt Günter jeden Tag.

Er wird doch sicher seinem Vati etwas erzählt haben.

Noch ein Dorf durchfahren, dann bin ich da an dem Ort an dem ich so viele, viele Jahre gelebt, geliebt und gebangt habe.

Drei Jahre haben wir das Dorf nur in der Dunkelheit passiert, heimlich ungesehen, wie Diebe.

Es ist schon wieder fast dunkel als die Kutsche vor Hermanns Haus hält.

Ich entlohne den Kutscher und bitte ihn, in ca. 3 Stunden hier auf mich zu warten.

Er ist nicht begeistert in der Dunkelheit über die schlechten ungepflasterten Landstraßen holpern zu müssen, aber die Geldsumme die ich ihm zusage, lässt ihn dieses Übel auf sich nehmen.

„Lieber Gott lass ihn zu Hause sein!", flüstere ich ehe ich den Türklopfer bediene.

Er sitzt nicht am Fenster an seinem Schreibtisch.

Es dauert eine Weile bis ich Schritte höre.

Er öffnet die Tür und ist sprachlos vor Erstaunen.

„Ich bin es, willst du mich nicht hineinbitten, bin ich eine Aussätzige?"

Er starrt mich noch immer an und tritt zur Seite, „Carla, du bist es wirklich!"

Ich trug ein Kopftuch weit ins Gesicht gezogen.

Er umfasst meine Schulter und zieht mich eilig ins Haus,
„Wo kommst du her, bist du geflohen?", fragt er stockend.
„Ja,- nein, ich wollte dich ganz einfach nur besuchen, mich nach eurem Wohlergehen erkundigen, ehe ich ins Center gehe".
„Komm leg ab, setz dich hin!", er führte mich in die Stube.
„Ich habe mir einen alten Film von früher angesehen, ach du wirst sicher Durst haben, wenn du Tee möchtest oder Wein"?
„Ein Tee ist gut „antwortete ich.
Er stellte mir eine Tasse hin und füllte sie.
„Nun erzähl schon!",sagte er ungeduldig.
„Was soll ich schon erzählen, ich lebe, mir geht es gut, ich habe so viele Fragen, ich weiß gar nicht wo ich beginnen soll".
„Du willst sicher wissen wie es uns allen ergangen ist, willst du auch wissen wie es Günter geht, oder interessiert es dich nicht mehr?"
„Ich will alles wissen, vor allen warum er mich nur so sehr hasst, so sehr das er mich nie wiedersehen will und mich aus seinem Gedächtnis gestrichen hat".
„So ein dummes Zeug was du da redest, er ist kurz vor dem Verrückt werden, er ist ja nicht gerade mein Freund, aber er dauert mich aufrichtig, so einen gebrochenen Menschen habe ich noch nicht gesehen".
„Ich selbst habe es ja auch erlebt, verlassen zu werden, aber ich habe mich wieder gefangen und

damit abgefunden, er aber kann sich nicht damit abfinden".

„Ich verstehe nicht recht", sagte ich aufgeregt.

„Du sagst ich hätte ihn verlassen, das stimmt nicht ganz, er hat mich des Hauses verwiesen und gesagt, er will mich nicht mehr sehen, er könnte mich nicht mehr ertragen, das schlimmste aber was er sagte war, Justin könnte mich haben".

„Später hat er Justin meine Papiere ausgehändigt, sogar die Heiratsurkunde und meinen Ausweis, damit er mich nicht mehr sehen braucht".

„Er wäre nicht mehr mein Gatte, er hatte die Ehe annullieren lassen, sie also für ungültig erklärt, stell dir vor diese vielen Jahre zusammen hat er einfach gelöscht, sie waren ihm nichts mehr wert!", stammelte ich mit bebender Stimme und brach in Tränen aus.

„Justin hat mir alles erzählt", schluchzte ich.

„So so, das hat der Justin dir also erzählt", sagte er kopfschüttelnd, „nichts davon ist wahr, das hat sich der Spinner alles nur ausgedacht".

„Was sagst du da?"

„Ja, dein sauberer Justin hat die Papiere gestohlen, als Günter schlief, danach kam er zu uns und hat gesagt ...er hätte Günter im Saufkoma vorgefunden".

„Das ist das einzige was wirklich stimmt, Günter lag tatsächlich tagelang im tiefen Saufkoma, er hätte sich zu Tode gesoffenen, wenn wir nicht eingegriffen hätten".

„Wir haben ihn so aufgefunden, er war gar nicht in der Lage mit ihm zusprechen, die Wohnung war ein Trümmerfeld, überall lagen Scherben und leere

Flaschen, er hat das halbe Geschirr zerschmissen, im Bad waren alle Regale leergefegt, alles lag auf dem Fußboden".

„Er muss fürchterlich getobt und gewütet haben in seiner Verzweiflung, wir haben ihn unter die kalte Dusche gezerrt, haben ihn Kannenweise Kaffee eingetrichtert, dann haben wir ihn rausgeschmissen".

„Er sollte laufen, laufen um die Dörfer, solange bis er wieder klar denken konnte, indessen haben wir alle noch verbliebenen Alkoholika in Sicherheit gebracht".

„Das war eine scheußliche Zeit damals, im Schloss wurde er vor einem Jahr von seinem Cousin Otto verspottet und verhöhnt, darauf hat er sich entschlossen dich zu suchen, seitdem sind wir alle auf der Suche nach dir, aber das war viel später".

„Die ersten Wochen und Monate hat er noch täglich auf dich gewartet, er hatte die Hoffnung du würdest deine Sachen holen und er könnte dich aufhalten, bei ihm zu bleiben aber du bliebst verschwunden".

„Ich fasse es nicht", sagte ich immer wieder, „ich kann das alles nicht glauben".

„Aber so war das, Wolfgang kann dir das alles bestätigen was ich gesagt habe".

„Wenn das wahr ist", stöhnte ich und brach erneut in Tränen aus, „dann ist alles nur auf Lügen aufgebaut, unsere Ehe, die ganzen drei Jahre alles basiert nur auf Lügen, wie konnte er das nur tun, ich kann es nicht fassen, wenn ich das alles gewusst hätte ...ich wäre niemals mit ihm mitgegangen, wo ist Günter jetzt?"

„Er ist in die neue Zeit gereist, wie immer im November, Wolfgang hält die Nachmittags-Sprechstunde ab".

„Ich muss gehen", rief ich, „ich muss sofort gehen!"

„Du kannst nicht gehen", sagte Hermann, „du kannst nicht gehen bevor du nicht gesagt hast wohin, wo lebst du, sag es mir, hörst du, du musst es mir sagen!"

„Ich kann nicht, verstehst du das denn nicht, Justin ist jetzt mein Ehemann, ich kann ihn nicht verraten, ich muss ihn erst zur Rede stellen, er selbst muss mir die Wahrheit sagen".

Ich riss meinen Mantel vom Haken und lief aus dem Haus.

Mein Gott, oh mein Gott wie musst du gelitten haben, mein Liebster, all dies Leiden wäre nicht nötig gewesen. Ich selbst habe ja auch gelitten wie ein Tier.

Meine Gedanken überschlugen sich, ich dachte an die Anfangszeit vor drei Jahren zurück.

Wie habe ich mich gequält, mich ausgestoßen und verachtet gefühlt.

Ich war indessen vor der Höhle angekommen, was will ich hier eigentlich? Weihnachtsgeschenke kaufen, für wen denn?

Für einen Lügner und Betrüger!

Ich ging dennoch in das Center, die helle Beleuchtung und der Trubel taten mir gut.

Ich musste überlegen und einen Entschluss fassen, das war gar nicht so einfach, ich hatte mich an Justin gewöhnt. Er hat ja alles nur aus Liebe getan, die drei Jahre waren nicht schlecht, er liebt mich ehrlich, aber ich liebe Günter immer noch, für immer.

Was soll nun werden?

Beide taten mir unendlich leid.

Ich kaufte viele Leckereien, Frust-essen, dachte ich und erstand auch ein paar Geschenke für Justin, man sollte nichts überstürzen, ich muss erst alles verdauen was ich heute erfahren habe, alles sortieren, dann werde ich mir den nächsten Schritt überlegen, alles in Ruhe, nichts übereilen.

Justin hatte unverzeihliche Dinge getan, er hat mich belogen und manipuliert, aber alles nur um mit mir zusammen sein zu können, auf eine andere Art hätte er mich nie bekommen.

Um 11 Uhr abends stand ich wieder vor unserem Haus am Walde. Es war leer, keiner der mich schalt und mir Vorwürfe machte.

Nun gut, dachte ich, das kommt mir gelegen, vermutlich ist er aus Ärger ins Wirtshaus gegangen. Ich griff mein Buch in dem ich noch mittags gelesen hatte, das neuste Werk von Hermann und ging zu Bett um mich müde zu lesen. Als ich gerade das Licht gelöscht hatte kam Justin.

Er glaubte mich schlafend und die Moralpredigt verschob sich auf den nächsten Tag.

Sie kam gleich nach dem Frühstück.

Ich ließ die Tirade schweigend über mich ergehen.

„Wo warst du denn nun wirklich?", fragte er.

„Ich war bei Hermann", entgegnete ich, „jetzt weiß ich alles, was du getan hast".

„Du hast mich belogen, mich in Sicherheit gewiegt, alles war eine einzige Lüge, unsere Hochzeit auf

Lügen aufgebaut, wie konntest du nur so dreist sein, ich bin sehr traurig und enttäuscht von dir!"
Er wurde blass.
„Jetzt wirst du mich sicher verlassen, aber immerhin hatten wir diese drei Jahre, sie waren alles für mich, diese Jahre mit dir waren die schönsten meines Lebens".
„Vermutlich wirst du gleich deine Sachen packen und gehen, dann bin ich wieder ein -Nichts-, wie die ganzen Jahre vorher, auch ich werde dann gehen, das Haus ohne dich ist dann nicht mehr mein zu Hause".
„Ich habe es schon lange kommen sehen", fügte er hinzu, „aber ich habe gehofft, dass es noch ein wenig länger dauern würde, so ist das also jetzt das Ende meines Glücks, ich habe hochgespielt und verloren, so ist das Leben, wie begonnen so zerronnen".
„Aber es war nicht umsonst, drei Jahre pures Glück, drei Jahre mit dir jeden Tag und jede Nacht, dich im Arm halten zu können, nun bin ich alt, meine Zeit ist abgelaufen an dem Tag an dem du gehen wirst!"
„Ich werde nicht sofort gehen, wir müssen uns erst mit der neuen Lage auseinandersetzen und deine Zukunft besprechen, wir werden uns im Guten trennen, als Freunde ohne Hass und Emotionen".
„Ohne Emotionen?, das ist nicht möglich".
„Du wirst doch keine Dummheiten machen, wie in unserem vorigen Leben?", fragte ich.
„Das kann ich nicht versprechen, mein Engel".
„Justin sei vernünftig!"
„Ich bin des allen so müde, des ewigen Kampfes, was soll ich noch neu anfangen, an dem Tag an dem du

gehst, ist mein Leben zu Ende".

„Willst du das ich aus Mitleid bei dir bleibe, das kannst du nicht wollen", sagte ich.

„Ich will nicht wieder allein sein, meine Zeit ist dann abgelaufen".

„Du bist noch nicht alt genug um abzutreten Justin!"

„Ich bin nur noch eine armselige, erbärmliche Kreatur ohne Stolz und Selbstbewusstsein, du kannst mich nur noch verachten, du wirst mich gnadenlos abservieren".

„Schluss mit dem Selbstmitleid, du hast nicht deine Würde verloren, weil du einer Frau verfallen bist, das ist schon tausenden von Männern vor dir passiert".

„Wir hätten ja auch glücklich bis an unser Ende zusammenleben können, wenn es da nicht den Mann geben würde dem -Ich- hoffnungslos verfallen bin, auch ich kann nichts für meine Gefühle, ebenso wenig wie du".

„Lass uns nun von etwas Anderen reden, es ist müßig das wenn und aber ergründen zu wollen, es führt zu nichts!"

„Ich habe gestern schon die ersten Weihnachtsgeschenke im Center besorgt".

„Ich dachte du warst bei Hermann?"

„Bei Hermann war ich nicht lange, ich habe ihm nichts von uns erzählt, er weiß nichts, er und die anderen haben nur Vermutungen, sie haben sich alles zusammen gereimt und liegen damit richtig".

Justin war still geworden, er hatte sich sehr verändert, lief stundenlang im Wald herum, verschwand oft ohne mir etwas darüber zu sagen.

Er gewöhnt sich an die Zeit ohne mich, dachte ich, er bereitet sich auf die Zeit des Alleinseins vor!
Silvester wird es noch eine schöne Feier geben, wir werden das ideale Gastgeberpaar sein.

Wir schmückten das urige antike Wohnzimmer in aller Pracht, deckten die Tafeln feierlich,
kleideten uns festlich und setzten unser schönstes Lächeln auf, hielten uns an den Händen und strahlten uns an.
Ein gelungenes Bühnenstück meinerseits.
Wir verbreiteten offensichtlich eine angenehme Atmosphäre, alle fühlten sich wohl, auch wir beide.
Dampfende Speisen wurden von zwei Hausmädchen aufgetragen, ich überwachte die Arbeit der Köchin und kostete alle Gerichte ehe sie die Küche verlassen durften.
Alle Gäste hatten ihren Platz an der riesigen Tafel gefunden. Ich setzte mich neben Justin an das Tischende, die Stimmung war gut, alle waren zufrieden.
Ich schaute zur Seite, Justin thronte neben mir, nachdenklich in sich gekehrt mit einem wehmütigen Lächeln.
Ich griff seine Hand und barg sie zwischen meinen Händen, in dem Moment vernahm ich einen unterdrückten Schluchzer, nur einen kleinen Augenblick.
Später eröffneten wir den Tanz, zwölf Augenpaare waren neugierig auf uns gerichtet.
Justin hielt mich fest im Arm, ich suchte seinen Blick,

doch statt dem Strahlen in seinen Augen sah ich nur ein unendlich trauriges müdes Lächeln.

Justin hatte einen uralten Plattenspieler aufgetrieben, er lief mit Batterien, die neuste Erfindung, hatte er allen Interessierten versichert.

Wir tanzten nach Musik die es erst in wenigen Jahren geben würde, wie immer der Zeit ein wenig voraus.

So wie heute sollten uns -Alle- in Erinnerung behalten.

Das Jahr 1896 hatte begonnen.

Wir taten als wäre alles wie immer, jedoch es war nichts mehr wie vorher. Justin hämmerte nicht mehr voller Eifer an der Holzvertäfelung in unserer Bibliothek, sie blieb unvollendet.

Er ging ruhelos im Haus umher, besorgte lustlos alles was wir benötigten.

Eines Abends kam er aus dem Center heim.

„Heute habe ich etwas Merkwürdiges erlebt", sagte er, „ich glaube ich werde schon senil, als ich durch die Dörfer zum Berge fuhr, hörte ich eine Stimme rufen": „Fahr nicht so schnell, sonst gibt es Punkte in Flensburg".

„Ich fuhr gerade durch das Wäldchen und habe keinen Menschen gesehen, es kommen ja nur drei Personen in Frage, ich bin sicher, ich werde beobachtet".

Ich musste lachen.

„Das ist ja zu komisch Justin".

„Wie kannst du darüber lachen?", sagte er ärgerlich, „ich finde es nicht komisch auf Schritt und Tritt

belauert zu werden, eines Tages folgen sie mir bis
hierher, sie werden unser Haus ausfindig machen".
Ich wusste darauf keine Antwort, was hätte ich auch
dazu sagen sollen.
Ein paar Tage später fragte ich ihn.
„Was hast du eigentlich für Pläne, ich meine für die
Zeit danach?"
„Du sprichst von der Zeit, nach unserer Zeit?"
„Ja, ich meine wir müssen auch an die Zeit danach
denken, du brauchst nicht allein sein, sicher wird
Maria noch auf dich warten, du könntest doch"...
„Nachdem ich dich hatte, soll ich mich mit Maria
zufriedengeben".
„Undenkbar, nach dir wird es keine andere Frau mehr
geben, keine andere kann deinen Platz je einnehmen,
ich werde mit einem Mann zusammenziehen, mit
meinem Steuerberater, der hat kürzlich seine Frau
verloren und du weißt ja, der ist ganz vernarrt in unser
Haus".
„Ist er denn schwul?", fragte ich verwundert.
„Ebenso wenig wie ich, wir bilden eine W.G., wir
stellen eine feste Köchin ein, eine Putzfrau und
Hausmädchen haben wir ja schon, ich denke, so
werden wir in Frieden leben, bist du jetzt beruhigt?"
„Ja das beruhigt mich", bestätigte ich.

Der Frühling zog ins Land, ich begann im Garten zu
graben.
„Lass mich das machen", sagte Justin und nahm mir
den Spaten aus der Hand, „ich will nicht das meine
Frau so schwere Arbeit verrichtet".

„Wirst du den Garten auch weiterhin pflegen oder lässt du ihn verwildern", fragte ich.

„Mach dir darüber keine Gedanken mein Engel, der schöne Garten wird nicht verwildern, ich muss ja etwas zu tun haben".

„Ich werde eines Tages nachsehen kommen", sagte ich schmunzelnd.

„Das sollte mich nicht wundern", antwortete er und grinste.

„Wir werden immer Freunde bleiben, so wie früher!"

„Ja das werden wir!" entgegnete er ohne Überzeugung.

Mit dem Frühling strömte auch neues Leben, erwachte auch neuer Lebensmut in Justin. Vielleicht ist ja gar nicht alles zu Ende, dachte er und begann seine Arbeit am Haus fortzuführen.

Er wurde wieder leidlicher, konnte lachen und Witze machen, sein Gang war wieder elastisch und nicht mehr der eines alten Mannes.

Sein Gesicht entspannte sich, ich durfte ihn in die Stadt begleiten. Wir führten wieder lange Gespräche über alles Mögliche, nur nicht über unsere Trennung. Wir gingen Arm in Arm im Wald spazieren und freuten uns über das erste Grün. Im Garten blühten die Blumen üppig, das Gemüse stand gut.

Wir erfreuten uns gleichermaßen daran obwohl es in mir brodelte.

Die Sehnsucht nach Günter wurde unerträglich, wann werde ich ihn endlich wiedersehen, wird er mich noch wollen nach so langer Zeit mit Justin? Hundert Fragen spukten in meinem Kopf, so schön es hier auch ist, mein Zuhause ist bei Günter, dachte ich immer wieder, doch mein Mitleid mit Justin ließ mich keinen klaren Gedanken fassen. Wie soll ich es anstellen, soll ich einfach fortgehen?

Es ist so schade um die verlorene Zeit, um jeden Tag den wir getrennt sind Günter und ich, nicht miteinander verbringen können.

Was ist aber, wenn er mich jetzt nicht mehr will, noch habe ich Hoffnung, aber wenn er mich wieder des Hauses verweist!

Ich hatte Angst vor diesem Moment. Ich könnte es sehr gut verstehen. Was mag in seinem Kopf vorgehen, was würde ich an seiner Stelle empfinden, wenn er mit einer Anderen so lange zusammen wäre? Ich wäre wahnsinnig vor Eifersucht, würde ich ihn hassen?

Justin war längst wieder der alte, witzig, charmant und besitzergreifend, er bewachte mich ständig, ich würde gern einmal wieder Hermann besuchen auf ein Schwätzchen, doch es ergab sich keine Möglichkeit dazu, er könnte mir sagen, ob es noch eine Chance gab.

Doch was nützte das viele Überlegen, ich musste endlich handeln, endlich etwas tun.

Justin ließ mich nie allein, stattdessen musste ich ihn überall hinbegleiten.

Auch gut, dachte ich.

Wir wollten zu einem Großeinkauf in das Center. Waren es früher nur ein paar hundert Meter, so sind jetzt viele Kilometer zurückzulegen.

Justin hatte die übergroße Vorsicht aufgegeben, er war

nachlässig geworden, war sich meiner wieder sicher.
Wir fuhren am hellen Tag, er umfuhr das Dorf am
Berge und parkte seine Kutsche dicht am Hang in
einer Seitenstraße und nicht mehr auf dem Hof des
Kohlenhändlers.
Die Pferde wurden bald unruhig, wir mussten uns also
sehr eilen.
„Das ist alles keine Lösung", meinte Justin,
„ein Auto wäre angebracht, aber es gibt noch keine
vernünftigen, zuverlässigen Autos, ich könnte mir
einen solchen Kasten kaufen und ihn verbessern,
verbessern bis zur Perfektion, darüber würde ich dich
sogar stundenweise vergessen".
„Du kannst ja auch einen Zeitsprung machen in eine
etwas modernere Zeit", schlug ich vor, „6 oder 8
Jahre, das wäre nicht schlecht".
„In 8 Jahren ist das wunderschöne Haus verfallen,
dann ist es eine Ruine", sagte er.
„Dann hast du hier kein Zuhause mehr, du musst
wieder von vorne anfangen, oder in das Jahr 1954
gehen", warf ich ein, „dort lebt Maria, wenn es sie
gibt, was hältst du davon?"
„Nein, das werde ich gewiss nicht, nachdem ich so
viel Herzblut in das Haus gesteckt habe, es gibt keine
einfache Lösung für unser Problem".
Wir hatten eine lange Liste der Waren die wir
benötigten.

„Günter"
Als er von Hermann, von ihrem kurzen Besuch erfuhr,
schöpfte er wieder ein klein wenig Hoffnung.

Doch die Zeit verging, sie kam nicht.

Wieder ein Weihnachten ohne Sie, wieder ein Jahr älter ein weiteres Jahr vertan!

Wieder und wieder las er das Büchlein, ihr Leben zusammen, so liebevoll ausgedrückt, jedes Mal kamen ihm die Tränen.

Er las bis an die Stelle an der die Seite fehlte, er selbst hatte sie herausgerissen und verbrannt, existiert nun auch nicht mehr was darauf einst geschrieben stand: „Eine Nacht mit Justin".

Nun waren es über tausend Nächte geworden.

Er selbst hatte sie in seine Arme getrieben, durch ein paar böse Worte, in Trunkenheit und rasender Eifersucht ausgestoßen.

Er sah sich die letzten Fotos an, kurz nach dem Zeitsprung geblitzt. Eines fiel ihm besonders ins Auge. Wir beide zusammen, dieses Paar war wie für einander geschaffen, wie sie ihn anschaut, dieser Blick berührt sofort das Herz.

Mein Gott, was für eine Frau habe ich gehen lassen! Er rahmte das Bild und stellte es auf den Küchentisch, jetzt war sie wieder bei ihm, jetzt waren sie wieder zusammen, doch leider nur auf einem Bild.

Er musste sie weitersuchen gehen, immer und immer wieder, jeden Ort durchkämmen.

Wir waren auf dem Weg durch die Dörfer, unser Ziel war die Höhle oben im Berge, der Zeitkanal, der Trip in die neue Zeit. Wir fuhren noch im Hellen los, in 40 Minuten wird es dunkel sein.

Es war Sommer, wir saßen in der offenen Kutsche.

Ich träumte vor mich hin als die Pferde scheuten und unruhig stehen blieben.

Ich wurde durcheinander geschüttelt, erschrocken sah ich die Gestalt welche fast überfahren worden wäre.

Der Mann stand stocksteif mitten auf dem Fahrweg und breitete die Arme aus, als Zeichen, für die Pferde und Kutsche zu halten.

„Brrr"...machte ich.

Der Mann kam ganz dicht an die Pferde.

Es war Günter, er sah mich, sein Blick traf mich unvorbereitet, gleich werde ich ohnmächtig, dachte ich, ein rauschen im Kopf betäubte meine Sinne.

Ich sterbe vor Glück.

Ich riss die Augen auf, mein Günter, dachte ich selig.

Er stellte sich in den Weg und hielt die Arme ausgebreitet.

„Was treibst du mit meiner Frau, du Verbrecher, sofort lässt du sie aussteigen", brüllte er

„Sie ist -meine Frau-, rief Justin, mit mir ist sie verheiratet, du selbst hast sie mir an den Hals gehängt und nun zur Seite mit dir, du hinderst mich nicht am weiterfahren, sonst werde ich dich zermalmen".

„Hüa-hüa" rief er und peitschte die Pferde.

Die Kutsche ruckte an und los ging es in rasendem Tempo.

Günter gelang noch rechtzeitig der Sprung zur Seite.

Ich war gerade im Begriff hinab zu hüpfen, auf die Straße, als ich brutal gepackt und in die Kutsche zurück gerissen wurde.

Ich wagte nicht, mich umzudrehen, ich hatte plötzlich Angst vor dem Mann der neben mir saß, und wie

Satan persönlich die armen Pferde peitschte.

Der Wagen hüpfte über den holprigen Weg.

Ich begann zu zittern, war schockiert, entsetzt von dem soeben Erlebten, ich senkte meinen Kopf und begann leise zu wimmern.

Er schaute kurz zu mir herüber.

„Hast du gedacht, ich übergebe dich jetzt wie eine Ware, ich kann dich nicht so einfach hergeben!"

Er jagte die Pferde noch eine längere Zeit weiter und schlug dann einen anderen Weg ein.

Fuhr einen großen Umweg durch andere Dörfer die ich nie vorher gesehen hatte und passierte bald unser Dorf.

Unser Hoftor schloss automatisch hinter uns.

Er zerrte mich von der Kutsche, brachte mich ins Haus, schaffte mich ins Obergeschoss, schob mich in die Mansarde und verriegelte die Tür hinter uns.

„Ich muss überlegen", sagte er.

Ich setzte mich in den Ohrensessel der unter dem Fenster stand und schloss die Augen.

In meinem Kopf herrschte ein einziges Chaos, ich konnte nicht denken.

Justin hockte sich in den anderen Sessel mir gegenüber.

Als ich die Augen wieder öffnete, sah ich in seine traurigen Augen.

Jetzt wird er mich bald töten, dachte ich, danach wird er sich selber erschießen.

Alles wird sich wiederholen.

Ich wurde ganz ruhig, das ist also jetzt das Ende unseres Lebens. Eigentlich wollte ich mit Günter

zusammen sterben, irgendwann einmal in ferner
Zukunft, wenn wir des Lebens überdrüssig sind.
Justin erhob sich und begann auf und ab zu gehen in
dem kleinen Raum.
„Ich muss überlegen", murmelte er vor sich hin.
Er setzte sich wieder, schlug die Hände vor das
Gesicht und begann zu zucken.
Er weint, dachte ich, er will noch nicht sterben,
ebenso wenig wie ich.
„Justin", sagte ich und rüttelte ihn an der Schulter,
„Justin hörst du mich, du musst vernünftig sein, öffne
die Tür wieder, lass uns einen Spaziergang durch den
Wald machen, gib mir jetzt den Schlüssel".
Er gab ihn mir und folgte mir die Treppe herab.
„Du brauchst jetzt nichts unternehmen, alles ist hier
wie immer".
Ich reichte ihm ein Taschentuch.
Er schnäuzte sich geräuschvoll.
Ich gab ihm meine Hand.
„Komm wir gehen jetzt unseren Lieblingsweg".
Wir gingen in den nahen Wald, wir sprachen über
alles Mögliche, nur nicht über das Vorgefallende und
über eine baldige Trennung.
Wir stolperten im Stockdunkeln in unseren Hof, der
Gang hat uns beiden gutgetan. Wir konnten wieder
zur Tagesordnung übergehen.
Auch in den nächsten Tagen machte ich ihm keine
Vorwürfe, ich wollte ihn nicht gegen mich aufbringen,
wollte ihn in Sicherheit wiegen.
In der nächsten Zeit werde ich gehen, das stand für
mich fest!

Günter kämpft um mich, er ist ruhelos wie ich, dachte ich, vielleicht steht er eines Tages vor der Tür, aber darauf wollte ich nicht warten.

Solch ein Zusammentreffen könnte niemals gut ausgehen. Ich musste mich selber aus dieser Lage befreien, meinen Weg gehen.

Ich muss nur auf den passenden Zeitpunkt warten.

Ich werde nichts mitnehmen, nur meine persönlichen Dinge, wie meine Papiere, Kosmetik und Pflegeartikel, vielleicht auch meine Lieblingskleidung.

Alles lief wie gewohnt weiter.

Justin hämmerte und sägte wieder, er arbeitete gern mit Holz.

Ich hielt unsere Räume in Ordnung, für die andere Haushälfte war eine Zugehfrau verantwortlich.

Ich hatte viel Zeit Justins Leibgerichte zu kochen, alles schien in bester Ordnung.

Meistens deckte ich den Tisch im Garten unter den Bäumen.

„Nächstes Jahr baue ich dir eine Laube", versprach Justin, „für dich alleine, dort kannst du dann mitten im Garten dein Mittagsschläfchen halten und Geschirr für den Garten aufbewahren".

„Das ist lieb von dir, ich freue mich schon darauf", sagte ich.

Kapitel 4:   Das Kräuterweibchen

„Günter"
Er hätte mich ohne mit der Wimper zu zucken getötet,
unter den schweren Wagenrädern zermalmt. Justin
mein ehemaliger Freund.
Doch in Wahrheit ist er nie mein -Freund- gewesen
und ich nicht -Seiner-.
Nun gut, er fühlte sich in die Enge getrieben, aber
dass er fähig ist zu einem Mord, das hätte ich nicht
vermutet. Ich hatte das Auto ein Stück weiter hinter
einem Gebüsch versteckt geparkt, jetzt setzte ich mich
zitternd und mit weichen Knien auf meinen Sitz.
Ich muss ihnen folgen, muss herausfinden wohin er
sie verschleppt!
Doch ehe ich den Wagen fahrbereit und gewendet
habe, sind sie längst im nächsten Ort untergetaucht.
Wie war das damals, als er mein Mädchen schon
einmal entführt hatte. Als Wolfgang ihm auf die
Schliche gekommen ist, er wollte sie erschießen und
dann sich selbst.
Mein Gott, sie ist in Lebensgefahr, wie kann ich sie
nur finden? Ich sollte mir ein anderes Versteck suchen
und warten bis er wieder vorbeikommt, dann werde
ich ihm unauffällig folgen.
Das kann lange dauern und er wird es vermutlich
bemerken, er kennt das Auto nur zu gut.
Ich müsste mir eine Droschke mieten und ihm folgen.
Sie wollte aus der Kutsche springen als sie mich sah,
sie wollte zu mir, ich habe es ganz deutlich gesehen.
Er hat sie brutal zurück gezerrt.

Jetzt wird er sie einsperren!

Er seufzte, ach es ist zum Verzweifeln, soviel sinnlos verbrachte Zeit. Warum können wir nicht in Frieden zusammenleben, immer geschieht etwas das uns auseinanderreißt.

In welchem Dorf mag er jetzt leben, wo hält er sie verborgen? Drei Orte sind es nur noch bis zu der Stadt, in einem dieser Orte ist sie und ich kann sie nicht befreien! Ich sollte in Zukunft hinter dem nächsten Dorf warten.

Ein paar Tage später suchte er wieder sein Versteck auf, er verschloss das Auto und lief zu Fuß in den nächsten Ort. Dort wollte er sich eine Droschke mieten, jedoch gab es keinen Droschkenstand, es gab keinen der ein Gespann vermietete.

Er lief die Straße auf und ab, bei jeder nahenden Kutsche verbarg er sich hinter einem Baum, es vergingen Stunden, es wurde dunkel, doch die Kutsche auf die er wartete kam nicht.

Wieder ein verlorener Tag, dachte er, als er schließlich in seinem Auto saß und heimwärts fuhr.

Doch er gab nicht auf, fast jeden Tag machte er die gleiche Tour, doch alles war vergebens.

So vergingen Tage und Wochen.

Alles ist sinnlos, dachte er, so kann das nicht weitergehen, soll so der Rest meines Lebens ablaufen, mit warten und suchen?

Aber ich kann mich nicht hinsetzen und die Hände in den Schoss legen, verdammt, so kann das nicht weitergehen!

Wieder ging ein Sommer dem Ende entgegen.
Ich hatte einen festen Plan. Ich würde mich zu Fuß
auf den Weg machen, noch ist es warm genug für
solche Unternehmungen. Unterwegs könnte ich ein
Fuhrwerk anhalten und notfalls noch ein weiteres.
Es war ein riskantes Abenteuer!
Justin würde mich bald suchen und möglicherweise
auch finden. Dann wäre alles umsonst gewesen, aber
ich muss es endlich versuchen. Unterwegs werde ich
schon einen Schlafplatz finden, in einem Schuppen
oder einer Scheune.
Ich wollte mich wie ein altes Mütterchen kleiden, in
einen derben Wollmantel von unserer Dienstmagd,
meinen Kopf würde ich unter einem grauen Kopftuch
verbergen. Die Zeit vergeht so schnell, bald ist es kalt
und regnerisch, ich muss jetzt handeln!
Justin war in die Stadt gefahren, er brauchte neues
Baumaterial. Er war unermüdlich, wollte für seinen
Engel einen Palast erschaffen. Armer Kerl, dachte ich
und fühlte mich schlecht.
Ich zeigte mich freudig, doch in Wahrheit hatte ich
nur Mitleid für seinen Eifer.
Ich werde ein Mittagsschläfchen halten, sagte ich, als
Justin sich zögernd auf den Weg machen wollte.
Als ich ihn vom Hof fahren sah, hatte ich es sehr eilig.
Ich holte den gepackten Rucksack aus der Truhe,
schnürte ihn auf den Rücken, zog den langen Mantel
darüber und band mir das Wolltuch um den Kopf,
zupfte es bis an die Augen. Im Spiegel schaute mir ein
altes buckliges Hutzelweibchen entgegen.
So verließ ich das Haus.

Ich ging gebückt, um mein Gesicht zu verbergen, falls mich einer der Nachbarn sehen sollte.

Als ich das Dorf verlassen hatte begann ich zu laufen. Es war früher Nachmittag, die Leute hielten Mittagsruhe. Auf dem Weg die Landstraße entlang, begegnete mir kein einziges Gespann.

Ich passierte das nächste Dorf und war kaum eine halbe Stunde unterwegs, vielleicht habe ich hinter dem Ort mehr Glück, dachte ich. Jedoch auch hier war keine Kutsche, noch ein Pferdewagen zu sehen oder zu hören.

Mir wurde warm unter meiner Verkleidung.

Der Korb mit dem Grünzeug, Wegerich, Beifuß, Schafgarbe und Gundelrebe aus dem Garten, der zur meiner Verkleidung als Kräuterweibchen gehörte, wurde mir lästig, bald werde ich ihn einfach in den Straßengraben werfen.

Die Sonne brannte erbarmungslos und trieb mir den Schweiß aus den Poren. Warum muss es ausgerechnet heute so warm sein, ärgerte ich mich, während ich unermüdlich einen Fuß vor den anderen setzte.

Eine Stunde bin ich fast unterwegs, bald wird Justin zurück sein und mich vermissen.

Es kann nicht lange dauern und er wird sich auf die Suche nach mir machen, dachte ich und beschleunigte meinen Schritt.

In der Ferne konnte ich schon den nächsten Ort sehen, dort werde ich die erste Verschnaufpause einlegen, oder besser noch, in dem Wäldchen hinter dem Dorf, das werde ich noch schaffen.

Ja im Schatten der Bäume werde ich Rast machen,

hinter einem Busch verborgen.

Ich erreichte den Ort, meine Füße schmerzten, eine Pause wird mir guttun, dachte ich und schleppte mich auch noch durch diesen Ort.

Ich sah schon das verlockende Wäldchen, ich würde meine Schuhe ausziehen und das lästige Kopftuch, dann werde ich mich im Moos ausstrecken und endlich ausruhen.

Günter lehnte an einem Baum, rauchte sein Pfeifchen und trank seinen mitgebrachten Tee. Ein Kräuterweib, dachte er, die ist aber noch gut zu Fuß, ich werde mich hinter einem Baum verstecken um sie nicht zu erschrecken.

Ich tauchte in den Schatten des Waldes, oh welch eine Wohltat. Ich ließ den lästigen Korb fallen und fühlte mich gleich wohler. Jetzt werde ich mir ein schönes Plätzchen suchen, dachte ich, als sich hinter einem Baum ein Schatten löste.

„Du hast deinen Korb verloren Mütterchen", hörte ich eine Männerstimme.

Er nahm den Korb auf und sah hinein.

„Was sind das für Kräuter, was sammelst du?"

Die Stimme kenne ich, jubelte es in mir, diese Stimme würde ich unter Tausenden heraushören.

„Ich suche nach Majoran, Basilikum und manchmal suche ich auch nach meinem Mann!", sagte ich und wendete mich um.

Er schaute mich verblüfft an.

Ich riss das Kopftuch herunter, meine Haare lösten sich und fielen mir über den Rücken.

Er stand wie versteinert, dann kam Leben in seine Gestalt.

„Carla!" rief er, „meine kleine Frau, du bist es wirklich"?

Wir liefen uns entgegen.

Ach, was für ein köstliches Gefühl wieder in seinen Armen zu sein.

„Liebster", flüsterte ich, „mein Liebster".

„Endlich habe ich dich wieder", raunte er und bedeckte mein Gesicht mit hundert Küssen.

„Meine Liebste, mein Mädchen, ich werde dich niemals wieder loslassen!"

Wir sanken in das weiche Moos, streichelten uns gegenseitig das Gesicht.

Oh diese Augen, dachte ich, so viel Liebe strahlt aus diesen Augen, wir hielten uns eng umschlungen und flüsterten uns so viele zärtliche Worte ins Ohr, so viele aufgestauten Gefühle und Dinge die wir so lange nicht gesagt hatten.

Wir hatten uns endlich wieder, vergaßen Zeit und Raum, benommen im Glücksrausch.

Später saßen wir an einen Baumstamm gelehnt.

Günter hatte mir einen Becher mit Tee eingeschenkt, ich trank durstig, wir hielten uns eng umschlungen, Gesicht an Gesicht.

Das unbeschreibliche warme Gefühl der Glückseligkeit in der Herzgegend, im Magen, nicht nur ein prickeln in den Lenden.

Wir waren wieder zusammen, waren Eins, wir hörten den Atem, das Herzklopfen des anderen, alles andere war unwichtig, bis wir Pferdegetrappel hörten.

Ich sprang auf.

„Justin sucht mich, er wird mich finden, ich muss mich verstecken", rief ich in Panik und lief los.

Günter hatte mich mit ein paar Sätzen eingeholt.

„Du musst keine Angst haben Liebste, bei mir bist du in Sicherheit, ich beschütze dich vor jeder Gefahr".

Er hielt mich fest in seinem Arm.

Die Kutsche kam näher, noch konnte man sie nicht durch das Unterholz sehen, wie gebannt sahen wir in die Richtung der Geräusche.

Jetzt bog sie um die Ecke, die Pferde kamen in Sicht und die Kutsche, Justin auf dem Kutschbock, mit wutverzerrtem Gesicht stierte er von hoch oben von seinem Sitz, auf uns herab.

„Hab ich dich also erwischt", grölte er, „mein holdes treues Weib, ich werde euch zeigen was auf Ehebruch steht", schallte sein Ruf durch den Wald, er hob die Hand mit der Peitsche.

Der erste Schlag traf uns unvorbereitet.

Wir hoben schützend die Arme vor das Gesicht.

Er schlug weiter, wie ein Irrer schlug er auf uns ein.

Günter hatte sich vor mich gestellt, schützte mich mit seinem Körper, doch die Peitsche schlängelte sich um ihn und traf mich gleichermaßen, ich stöhnte vor Schmerz, mit jedem Peitschenhieb wurden die Schmerzen unerträglicher, ich begann zu schreien.

„Schlag mich und nicht die Frau", rief Günter, „du schlägst sie ja tot".

„Du wirst sie nicht bekommen, eher schlage ich sie tot, ich werde euch beide schlagen bis ihr nicht mehr kriechen könnt, ihr werdet um euer Leben flehen!"
Endlich bekam Günter die Peitsche zu fassen, er riss mit einem kräftigen Ruck daran.
Er wollte sie dem Gegner entreißen, der aber ließ sie nicht los, sondern hielt noch fester, wurde durch den Ruck von seinem hohen Sitz gerissen und stürzte unglücklich.
Er schlug mit dem Kopf auf einen spitzen großen Stein und rührte sich nicht mehr.
Wir sahen uns erschrocken an, Günter und ich.
Unsere Körper waren mit Striemen übersät, es brannte wie Feuer. Nun lag unser Peiniger bewegungslos zu unseren Füßen. Um seinen Kopf breitete sich eine Blutlache aus.
Günter löste sich aus seiner Starre, mit zwei Sätzen war er bei ihm und beugte sich über den Verletzten um den Puls zu fühlen.
Er richtete sich wieder auf und schüttelte den Kopf.
„Exitus!", sagte er nur.
„Er kann doch nicht tot sein", rief ich ungläubig, „er kann doch nicht einfach tot sein", wiederholte ich mit bebender Stimme.
Ich kniete mich auf den Boden und bückte mich über meinen langjährigen Gefährten.
„Justin", rief ich und schüttelte ihn, „Justin wach auf!"
Gleichwohl sah ich das Leben aus ihm entweichen, das Blut sickerte aus einer großen Wunde am Hinterkopf.

Sein Gesicht hatte indes alle Farbe verloren, ich wollte nicht wahrhaben was ich doch längst wusste.

„Kannst du ihn nicht retten", rief ich händeringend.

„Er ist bereits tot Liebste", antwortete er, „ihm kann keiner mehr helfen, auch ich kann ihn nicht lebendig zaubern".

„Oh Gott, oh Gott", rief ich, „was mach ich jetzt bloß".

„Du wirst im Dorf den Unfall melden, du bist seine Witwe für alle Außenstehenden, es ist jetzt deine Aufgabe ihn zu bestatten, ich muss mich dabei im Hintergrund halten, ich muss dich ein letztes Mal alleine lassen Liebste".

„Ich helfe dir jetzt unsere Spuren, das heißt, meine Spuren zu beseitigen, ich werde schnellstens mit dem Auto verschwinden, du musst die Reifenspuren hinter mir beseitigen".

„Wie soll ich das denn machen?"

„Ich habe eine Harke für den Friedhof im Auto, du versuchst das Gras wieder aufzuharken".

„Die Spuren vor dem Baum, das platte niedergetretene Gras kann ja von Justin und dir sein",

„Warum aber ist er von dort oben heruntergefallen?"

„Er wollte eilig zu dir".

„Aber die Spuren vor dem Baum?"

„Er wollte es euch angenehm machen und noch eine weitere Decke holen!"

„Die Decke auf dem Kutschbock neben ihm?", fragte ich, „ich muss sie holen und neben ihn legen, fahr los Liebster, dich darf hier keiner sehen, du könntest unter bösen Verdacht geraten".

Wir hörten erneut in der Ferne Pferdegetrappel.

„Beeil dich Liebster", ermahnte ich ihn, er gab mir einen raschen Kuss, lief zu seinem Auto und startete den Motor.

Ich harkte hinter ihm das Gras so gut ich konnte wieder ein wenig locker und warf die Harke fort, soweit ich werfen konnte.

Meine Fingerabdrücke konnten nicht genommen werden, das war noch nicht üblich. Die Hufschläge kamen näher.

Ich hob meine Arme und lief schreiend aus dem Wald, auf das mir entgehen kommende Gefährt zu.

Ich stürzte direkt auf die Pferde zu, als wollte ich mich überrollen lassen.

„Brrr- brrr", hörte ich den Kutscher aufgeregt brüllen.

Die Pferde standen schnaufend, der Kutscher sprang flink von seinem Bock und eilte mir entgegen.

Ich täuschte eine Ohnmacht vor.

Er fing mich gerade rechtzeitig auf. Bühnenreif, dachte ich und erwachte wieder aus meiner Ohnmacht.

„Das erlebe ich nicht alle Tage, soll ich Schneewittchen denn jetzt wach küssen", brummte er, bevor ich die Augen aufschlug, mein unschuldiger sanfter Blick traf ihn unvorbereitet, eine Sekunde später war es schon zu spät.

Er war von Amors Pfeil getroffen.

Ich sah ganz dicht in die Augen des Kaufmanns auf Reisen, der holte tief Luft und räusperte sich aus

Verlegenheit. Ich pellte mich verwirrt aus seinen Armen.

„Sie müssen mir bitte helfen, bitte", flehte ich und rang die Hände, „mein Gatte ist gefallen, im Wald, vom Kutschbock ist er gestürzt, kommen sie schnell".

Er sah mich mit großen Augen an.

„Haben sie mich verstanden?", rief ich und rüttelte ihn an der Schulter.

Er zuckte zusammen und folgte mir in den Wald.

Dort lag Justin neben unserer Kutsche, mein Ehemann.

„Haben sie schon versucht ihn zu beleben?"

„Nein, ich bin so erschrocken, ich habe eine Kutsche gehört und wollte gleich Hilfe holen, helfen sie ihm bitte!", sagte ich naiv und hob hilflos die Hände.

Er sah mich ratlos an.

„Ich fürchte es ist kein Leben mehr in ihm", stammelte er.

Ich begann zu jammern.

„Mein Gott der Ärmste, mein lieber Mann!"

Er kam mir entgegen um mich notfalls wieder aufzufangen, falls ich erneut in Ohnmacht sinken sollte.

„Wir müssen einen Doktor rufen", erklärte er, „kommen sie, sie können hier nicht bleiben, so ein zartes feines Püppchen wie sie".

Er griff meinen Arm, führte mich zu seiner Kutsche und half mir die Stufen hinauf.

Nun hatte er große Schwierigkeiten sein Gefährt zu wenden.

„Ich werde die Pferde ausspannen müssen", sagte er

nervös und begann hektisch mit dem Wendemanöver, ich versuchte ihm zu helfen, auch die Kutsche zu wenden.

„Lassen sie das", brummte er, „das ist keine Arbeit für eine Dame".

Endlich konnten die Pferde in die andere Richtung traben.

Günter hatte meinen scheußlichen Mantel und das Kopftuch in das Auto gestopft und war in das Schloss gefahren. Dort parkte er das Auto in einem Schuppen und machte sich umgehend zu Fuß etwa 15 Kilometer auf den Rückweg.

Eine Kleinigkeit für mich, redete er sich ein.

Im Auto hatte er noch seine Schuhe gewechselt, wegen der Fußspuren, man kann ja nie wissen, dachte er, sicher ist sicher.

Er war noch immer gut in Form.

Ich muss sie dort noch antreffen, sonst ist sie wieder verschwunden wie ein Traum.

Ich weiß ja immer noch nicht wo sie die ganzen Jahre gelebt hat, wir dürfen uns nicht schon wieder verlieren. Er hatte Glück und konnte ein Stück des Weges auf einem Pferdewagen mitfahren.

Im Ort fragten wir nach dem Bezirksdoktor und machten ihn ausfindig.

„Ich muss die Polizei benachrichtigen"! sagte der Doktor, „ich komme dann zur Unfallstelle".

Wir warteten und fuhren mit ihm zurück in das Wäldchen. Dort standen schon mehrere Gespanne die alle ihre Fahrt nicht fortsetzen konnten.

Sie alle hatten ihre Fahrzeuge verlassen, palaverten aufgeregt, zertrampelten alle Spuren und beglotzten den leblosen Mann auf dem Waldboden.

An einem Baum lehnte Günter und sah mir mit brennenden Augen entgegen, ich wollte zu ihm laufen, doch ich besann mich noch rechtzeitig, Günter hielt sich im Hintergrund.

Mein Begleiter indes gefiel sich in seiner Beschützerrolle so gut, dass er meinte mich ständig stützen und trösten zu müssen, er wich nicht von meiner Seite.

Das hat mir gerade noch gefehlt, dachte ich, wollte ihn aber nicht brüskieren und spielte weiterhin die hilflose, unselbstständige schwache Frau.

Er würde alles schnellstens regeln, denn er musste, wie alle anderen seinen Weg noch bei Tageslicht fortsetzen.

Endlich erschienen zwei Gesetzeshüter, sie machten sich sehr wichtig, besahen den Unfallort, betasteten den inzwischen kalten Leichnam, scheuchten großspurig die Gaffer auseinander.

„Wer hat den Unfall gesehen?", fragte der ältere der beiden herrisch, „keiner?"

„Ich war als Erster hier!", meldete sich mein Begleiter, „die arme Frau hier, hat mich zur Hilfe gerufen, sie hat einen Schock erlitten!", sagte er und stützte mich mehr als nötig.

„Sie haben diese Person so vorgefunden, oder lebte er noch?"

„Nein, mitnichten Herr Polizeirat".

„Wie haben sie das festgestellt?"

„Nun ja, er atmete nicht mehr, wir haben sogleich den Doktor geholt, der hat ja dann auch den Tot festgestellt".

„So so, brummte der Sheriff, wie konnte es passieren, dass der arme Mann von seinem Sitz gestürzt ist Madame, hatte er einen Anfall oder ähnliches?"

„Das ist nicht ausgeschlossen", hauchte ich weinerlich und betupfte mit einem Tüchlein meine Augen, „er war schon lange Herzkrank!"

„So so, Herzkrank war er, wie alt ist er denn?"

„Er ging auf die 66 Jahre zu!"

„Oh, so alt sieht er gar nicht aus, na gut, wir werden den Platz räumen lassen, können sie die Kutsche fahren, ich meine die Pferde kommandieren - sicher nicht!"

„Ich werde die Dame selbstverständlich nach Hause bringen!", sagte mein Begleiter.

„Im Wald gibt es einen Wendeplatz!" erklärte der Gesetzeshüter und stolzierte breitbeinig davon.

„Sie müssen erst ihre eigene Kutsche aus dem Weg räumen", gab ich zu bedenken, „sie versperrt doch die Durchfahrt für alle anderen Fahrzeuge".

„Die Dame hat Recht!" bestätigte Günter, der sich genähert hatte und plötzlich neben mir stand.

„Ich bin zu Fuß unterwegs mein Herr, ich werde sie sicher nach Hause bringen!"

„Sind sie nicht einer von den Grafen?", fragte mein Beschützer.

„Ja einer von Denen", entgegnete Günter beiläufig.

„Dann vertraue ich ihnen die schöne Dame an",
er warf noch einen letzten wehmütigen Blick auf
mich, bevor er sich zögernd entfernte.

„Vielen Dank auch für ihre freundliche Hilfe", rief
Günter ihm hinterher, „ich bin ihnen sehr zu Dank
verpflichtet".

Günter hatte längst meinen Arm genommen und
führte mich wie selbstverständlich durch die gaffende
Menge.

Wir bestiegen die Kutsche, wendeten auf dem
vorgesehenen Platz und erreichten wieder die Stelle
an der noch immer Justin lag.

Ich sprang aus der Kutsche und beugte mich ein
letztes Mal über ihn, ich hauchte ihm einen Kuss auf
die Stirn und strich ihm über die Wangen.

„Ach der Herr Graf nehmen sich der reizenden Dame
an", bemerkte der massige Polizeirat, „und grüßen sie
den guten Grafen Otto, von dem alten Cibitz", fügte
er hinzu, verbeugte sich kurz vor uns und gab den
Weg frei.

„Was wird nun mit meinem Gatten, Herr
Wachtmeister", rief ich mit bebender Stimme.

„Den werde ich mitnehmen ins Leichenhaus, komm
Doktorchen, packen wir's an".

„Der Herr Graf weiß Bescheid wie alles geregelt wird,
bei ihm sind sie in guten Händen".

Der Doktor kam an die Kutsche und reichte mir den
Totenschein, er verbeugte sich ebenfalls vor uns und
machte sich an die Arbeit.

„Nun los meine Herrschaften", hörten wir den
Wachmann ungeduldig rufen, er klatschte in die

Hände, „hopp, hopp wenn ich bitten darf, hier gebe es
nichts mehr zu glotzen".

„Hast du das so gewollt mein Freund", raunte ich
leise über Justin gebeugt.

„Wolltest du, dass es so endet", ich merkte das ich
weinte, alle stieren mich an, alle erwarteten das von
mir, nun hatten sie genug gesehen, auch die Letzten
entfernten sich jetzt!"

Ich warf einen letzten Blick auf meinen Gefährten den
ich nie mehr wiedersehen würde.

Ich wischte mir mit dem Ärmel hastig die Tränen fort
und bestieg wieder die Kutsche in der ich immer
neben Justin gesessen hatte, nun saß Günter auf
seinem Platz.

Es begann schon zu dämmern, als wir vor Justins
Haus hielten. Die Nachbarn standen in ihren Gärten
und schauten über den Zaun. Sie waren sehr erstaunt
einen anderen Mann als Justin neben mir auf dem
Kutschbock zu sehen.

„Das ist das Haus", sagte ich ernst.

Das Haus, das Justin so liebevoll für mich gestaltet
hatte, das Haus in das er sein Herzblut mit eingebaut
hatte, dass Haus das wir so liebten, dachte ich.

Günter fuhr das Gespann in den Hof, der Stallbursche
nahm es in Empfang. Günter führte mich die Stufen
zum Haus hinauf und hielt meine Hand fest.

„Die Nachbarn schauen", sagte ich, „wir sehen uns
bei der Beisetzung wieder, es ist nicht gut, wenn man
dich hier sieht Liebster, es ist alles anders gekommen
als geplant, das ist jetzt mein Haus, ich kann es nicht
sich selbst überlassen, mach es gut Liebster, aber du

musst jetzt gehen".
Ich löste meine Hand aus seiner und sah ihm tief in
die Augen.
„Willst du mich so gehen lassen, mich einfach so
fortschicken?", fragte er ungläubig.
„Es geht nicht anders, hier bin ich Justins Gattin, er
war sehr beliebt im Dorf".
Ich konnte seinen Blick nicht länger ertragen ohne
mich in seinen Arm lehnen zu dürfen.
So drehte ich mich um und lief ins Haus, ich schaute
nicht mehr zurück.
Jetzt ist das mein Haus, dachte ich, dieses prachtvolle
Heim in dem Justin mich bis zu seinem Lebensende
lieben und ehren wollte, doch es war ohne ihn öd und
leer.
Günter, mein Günter stand noch eine Weile
unschlüssig vor dem Hoftor. Er wartete, dass ich mich
am Fenster zeige, aber ich konnte nicht ertragen ihn
fort gehen zu sehen, fort von mir.
Seine Augen brannten noch immer in meiner Seele.
Mein armer Liebling, dachte ich, wir werden schwer
vom Schicksal geprüft, doch bald sind wir wieder
vereint. Ich setzte mich in die gemütliche Bibliothek,
wie schön sie Justin zurechtgemacht hatte, wirklich
ein Meisterwerk, hier nahmen wir oft unseren
Nachmittagskaffee, saßen stundenlang bei leiser
Musik in ein Buch vertieft.
Ich saß im Dunkeln und ließ meine Gedanken
schweifen.
Wie ungerecht das Leben Justin behandelt hatte, er
wollte doch nur glücklich sein mit der Frau seines

Herzens. Auch ich habe ihm nur Unglück gebracht, wieder einmal, genau wie dem armen Wolfgang.

Jetzt ist Günter totunglücklich, ebenso wie ich selbst, allen bringe ich nur Seelenqualen. Vielleicht bin ich eine Hexe, ein Männer -mordendes Vamp.

Es würgte mich in der Kehle.

Heule nur, dachte ich, heule den ganzen Kummer und Schlamassel heraus. Ich heulte aus Selbstmitleid, aber ich weinte auch um Justin, meinen Freund über so viele Jahre, ein viertel Jahrhundert.

Wir haben miteinander gelacht und ernste Gespräche geführt, fast vier Jahre waren wir eng verbunden, sehr eng!

Heute Mittag noch habe ich einen Kuss von ihm erhalten, seine Augen leuchteten, er war happy, alles lief nach seinen Vorstellungen.

Nur wenige Stunden später las ich tödlichen Hass in den selben Augen, sein Gesicht war zur bösen Fratze verzerrt.

Habe ich wieder einen großen Fehler begangen, hätte ich auf meine große Liebe verzichten sollen um seinetwillen? Jeder ist seines Glückes Schmied, jeder hat ein Recht auf Liebe.

Dumme Sprüche! Wie immer ich mich entschied, einer blieb auf der Strecke, einer blieb unglücklich zurück.

Wie kann man restlos glücklich und zufrieden sein, wenn man einen anderen dadurch aufs tiefste verletzt.

Nun ist es wieder geschehen, das Unglück, nun liegt er kalt und steif im Leichenhaus.

Ich lief durch das Haus, ging in jeden Raum, alles
erinnerte an ihn. In der Küche verweilte ich länger,
aß eine Kleinigkeit und öffnete eine Flasche Wein.
Ich trank sie halb leer.
„Auf dich mein Freund"! sagte ich und hob mein
Glas.
„Auf unsere Zeit die wir hatten, du hättest eine andere
als mich verdient, eine Frau die dich ebenso liebt, wie
du sie".
Zum ersten Mal seit unserem Einzug in dieses Haus,
schlief ich allein in dem großen Bett, keine Füße die
meine wärmten, keine Arme die mich hielten und
liebkosten. Ich vermisste ihn, alles roch nach seinem
Gesichtswasser.
Am nächsten Tag stand ich zeitig auf.
Ich hatte viel zu erledigen, alles muss geregelt
werden, das Haus werde ich behalten, er hat es für
mich gebaut, es gehörte mir, ich war ihm keine
schlechte Frau. Ich habe ihn immer geachtet und
bewundert, jetzt habe ich etwas das mir ganz allein
gehört, einen Zufluchtsort.
Alles war indes geregelt. Ich schickte einen Eilboten
mit dem Bestattungstermin zu Günter und Hermann,
jetzt brauchte ich nur noch zu warten.
Am nächsten Tag fand ich das Testament.
Ich war fassungslos was für ein Riesenvermögen mir
Justin hinterlassen hatte, mit der Klausel, das ich bei
seinem Ableben noch bei ihm bin, bei ihm lebe in
eben diesem Haus. Ich war bei seinem Ableben
anwesend.
Welch Ironie des Schicksals, dachte ich, denn ich war

ja auf dem Weg ihn zu verlassen, dennoch ist er in meinem Arm gestorben.

Was soll mir all das Geld? Dachte ich, was soll ich mit einem so großen Vermögen?
Ich überlegte Tagelang, bis ich einen Entschluss fasste.
Ich werde diese wunderschöne Villa am Walde zu einem Café ausbauen lassen, zu einem Ausflugslokal, die Zeit ist reif dafür.
An den Ortseingängen würde ich große Werbeplakate anbringen, im Ort selber ein Drittes.
So etwas hat es hier noch nicht gegeben.
Ich werde ausgewähltes Personal einstellen.
Einen Konditor, gibt es denn schon Konditoren oder nur Bäcker in dieser Zeit?
Auch dafür werde ich ein Plakat anbringen lassen: Konditor und Bäckergesellen gesucht sowie Serviermädchen, Verkäufer und einen Geschäftsführer bei guter Bezahlung, Vorstellung bei…
Ich legte mir alles zurecht in meinem Kopf, machte Pläne.
Alle Zutaten für die Bäckerei würden wir in der neuen Zeit besorgen, das Beste vom Besten! Nein, wie dumm von mir, hier gibt es die besseren Zutaten.
Mehl, Eier von gesunden freilebenden Hühnern, Milch von glücklichen Kühen so wie reine unverfälschte Sahne, Butter und Quark. Selbst Liköre und Obstbrände, bliebe noch Gelatine, Puddingpulver oder Kartoffelmehl, Schokolade, Ananas, feine Aromen.

Ich werde einen Liefervertrag abschließen mit einem großen Werk, Hermann kann mir dabei behilflich sein.
Kaffee, Limonaden und Spirituosen könnte Günter besorgen, eine gute Brauerei würde er sicher auch kennen.
Eine Zapfanlage, eine Kühlvitrine, Backöfen, das wird noch viel Arbeit geben, ich hatte nur noch Wareneinkauf und Zahlen im Kopf.
Natürlich würde es auch Brot und Brötchen geben.
Ich schwebte wie auf Wolken, endlich hatte ich eine richtige Aufgabe, ich wäre nicht mehr nur Heimchen am Herd, sondern eine Geschäftsfrau, hätte Verantwortung.
Der Tag der Beisetzung kam.
Ich machte mich sorgfältig zurecht.
Die ersten Trauergäste kamen, Wolfgang und Hermann.
„Warum kommt ihr ohne Günter?", fragte ich enttäuscht.
„Günter will an dieser Farce nicht teilnehmen", antwortete Hermann.
„Er ist dein rechtlich angetrauter Gatte", sagte er, „wie könnte er bei der Beisetzung deines falschen Ehemannes, dessen Sarg folgen und Trauer heucheln".
Wir begrüßten uns herzlich, ich kochte uns Kaffee und führte sie anschließend stolz durch das Haus.
„Wow", staunte Wolfgang, „das ist ja hier schöner als auf dem Schloss".
„Das ist mein Schlösschen!", sagte ich stolz.
Das halbe Dorf erschien auf dem Friedhof.
Hermann führte mich, ich ging an seinem Arm.

Die trauernde Witwe brauchte kein Theater zu spielen, sie trauerte wirklich.

„So eine junge schöne Witwe", hörte ich die Leute flüstern, „die wird bestimmt nicht lange allein bleiben, sie hat ja schon ihren Liebhaber dabei", lästerten einige Weiber.

Nein, ich werde nicht allein sein, dachte ich, es wartet ja mein anderer Ehemann auf mich.

Der Leichenschmaus fand bei uns im Hause statt, ich hatte zwei Tage lang gebacken.

Heute erledigten zwei Hausmädchen meine Arbeit.

Hermann und Wolfgang blieben über Nacht, wir hatten uns viel zu erzählen nach der langen Trennung, wir redeten bis in den frühen Morgen.

Sie setzten voraus, dass ich sie auf dem Heimweg begleiten würde.

„Ich habe noch sehr viel zu erledigen und zu regeln", entschuldigte ich mich, „grüßt meinen Liebsten herzlich von mir".

Sie winkten mir vom Hoftor zu und stiegen in das Auto, hupend fuhren sie davon, wie immer von dem Landvolk bestaunt und bewundert.

Noch am gleichen Abend brachte ich mehrere Plakate an den Straßenbäumen an und war nun neugierig auf die Resonanz.

Am nächsten Tag schon sprachen 4 Bewerber bei mir vor. Ein jeder der in die Stadt oder aus der Stadt wollte, befuhr diese Straße, die Poster blieben also nicht unbemerkt.

Am Tag darauf waren es schon 5 Bewerber und am Wochenende hatten schon über 20 Interessenten vorgesprochen.

Jetzt gilt es die besten heraus zu sieben, dachte ich.

Ich führte lange Gespräche mit den Bewerbern, fragte nach ihrem Können und Wissen, Schulbildung und vorheriger Beschäftigung, ließ mir Empfehlungen sowie die Zeugnisse zeigen und traf die erste Vorauswahl.

„Ich werde mich melden, wenn Sie infrage kommen!", versprach ich und verabschiedete sie.

Der erste Schritt war getan. Für die nächsten Schritte brauchte ich Rat und Hilfe von den Männern.

Die Woche darauf liefen mir die Bewerber das Haus ein, Serviermädchen hatte ich reichlich zur Auswahl auch junge Bäckergesellen.

Doch bislang gab es nur einen, der voll meinen Wünschen entsprach.

Merkwürdig, dachte ich, er weiß alles, hat alle meine Fragen beantworten können, man könnte meinen er kommt aus der Zukunft.

Der kommt in die nähere Wahl als Konditor.

Ein perfekter Konditor kann, auch nicht, so gute Kräfte anlernen und mit ihnen vernünftige Arbeit leisten. Ich begann ein Team zusammen zu stellen, gleichzeitig hatte ich Handwerker im Haus, ich ließ die Wand zwischen den beiden Wohnzimmern herausreißen.

Nun hatte ich einen riesengroßen Gastraum.

Oben in der 1. Etage richtete ich mir ein gemütliches kleines Wohnzimmer mit all unserer modernen Ausstattung ein.

Kapitel 5:   Die Emanze

Ich hatte irrsinnig viel zu tun in den folgenden
Wochen. Putzen, aufräumen, umräumen, abends fiel
ich wie tot ins Bett. Die Staubwolke von dem Abriss
hatte sich noch nicht gelegt, ich bekam kaum Luft,
alles war von einer dicken weißen Schicht bedeckt,
die weiße Wolke schwebte noch in der Luft als
plötzlich Hermann und Wolfgang in der Tür standen.
„Was ist denn hier passiert", riefen sie, „hat hier eine
Bombe eingeschlagen?"
„Ach, wie freue ich mich euch zusehen Jungs, kommt
nach oben in die Bibliothek, dort ist die Luft sauber,
vermutlich schickt euch Günter!"
„Ja, er wird langsam ungeduldig und ärgerlich, weil
du dir so viel Zeit lässt, wir dürfen nicht ohne dich
zurückkommen", hat er gesagt, „wir sollen dich
packen und nach Hause bringen!"
„Das geht nicht!" entgegnete ich, „ihr seht ja selbst
das ich hier nicht fortkann, ihr könnt mir ja helfen,
dann bin ich eher fertig, oder wollt ihr gleich wieder
zurück?"
„Nein nein, wir helfen dir gerne".
Sie schleppten die restlichen großen Elektrogeräte
nach oben in die Bibliothek und in die Stube.
Ich kochte ein kräftiges Essen für alle fleißigen
Helfer. Der Schutt war inzwischen aus dem Saal, dem
Wohnzimmer entfernt, dort stand jetzt ein großer
Tisch, an dem alle Platz fanden.
Ein Mädchen servierte die deftigen Speisen.

Auch zwischen den Küchen hatte ich die Wand zur Hälfte entfernen lassen, dort entstand die große Backstube.

„Morgen muss noch der restliche Schutt aus der Küche entfernt werden Jungs", sagte ich, „dann könnt ihr wieder nach Hause, ich werde euch Bescheid geben, wenn ich euch wieder brauche!"

„Das ist nett von dir!", sagte Hermann belustigt.

„Euch meine ich doch gar nicht", antwortete ich leise und lachte, „wenn morgen die Küche sauber ist, könnt ihr mich mitnehmen!"

„Warum machst du hier so viel Firlefanz", fragte Wolfgang neugierig, „was soll das alles, was willst du mit so einer großen Stube Carla?"

„Das hier wird die Wirtsstube, hier werde ich kleine Tische aufstellen, daran kann jeder sitzen der Kaffee und Kuchen verzehren will, nicht nur Kaffee und Kuchen auch Kakao, Wein, Saft, Likör, Schinkenbrote oder Gulasch und Zwiebelsuppe, die Suppen werde ich selbst kochen".

„Der Kuchen wird von einem Konditor gebacken, hört mal gut zu, der Kerl ist mir nicht ganz geheuer", begann ich zu flüstern, „ich meine damit das er möglicherweise auch ein Zeitreisender sein könnte".

„Er machte den Vorschlag das Café: -Zum neuen Stern - zu nennen, warum das"?

„Eigentlich müsste es sogar: - Sternenfahrer - heißen, „sie erwecken den Anschein als könnten sie alles erreichen, ja sogar zu den Sternen fahren!", sagte er, dann hat er mich so merkwürdig angesehen!

„Na das hat nichts zu bedeuten, gibt es einen Kerl der dich nicht so anschaut, du erweckst bei jeden den Anschein als kämst du nicht von dieser Welt, die Göttin Venus persönlich!"

„Ja ich kenne eure lüsternen Blicke, aber mit merkwürdig, meine ich ganz einfach, merkwürdig".

„Ich wollte dieses Jahr noch eröffnen, am besten Silvester oder schon am 2. Weihnachtstag, ihr werdet dann natürlich an meiner Seite sein und mich stärken"!

„Darauf kannst du dich verlassen liebste Carla", bestätigten beide, „auf uns kannst du dich immer verlassen".

Ich fegte und räumte, kramte, maß mit dem Zollstock und konnte kein Ende finden.

Die Männer wurden unruhig, traten von einem Bein auf das andere.

„Wir dürfen auf keinem Fall ohne dich zurückkommen, hat Vater uns aufgetragen", jammerte Wolfgang nervös, „er glaubt schon du hättest wieder einen anderen, einen neuen Liebhaber".

„Wieder einen neuen Liebhaber", sagte ich erstaunt, „ich hatte noch nie einen Liebhaber, so wichtig seid ihr Männer nicht, ich brauche nicht unbedingt einen Mann".

„Hört hört", lästerte Hermann, „unsere Kleine hat sich emanzipiert".

„Von einer Emanze bin ich noch weit entfernt", sagte ich, doch mir kamen die ersten Zweifel.

Als ich mich endlich zu ihnen in das Auto setzte, dauerte mich die Zeit, welche ich jetzt vertrödeln würde.

Haben wir uns schon entfremdet, dachte ich erschrocken.

Ich hatte nur eine kleine Reisetasche mit dem Nötigsten mitgenommen, ich fahre ja bald wieder zurück in mein Traumschlösschen.

Noch ein paar Kilometer und prompt stellte sich das altbekannte Herzklopfen wieder ein.

Jetzt konnte ich es kaum noch erwarten, gleich werde ich ihn sehen, dachte ich und mein Herz begann zu hüpfen, ich konnte nicht mehr ruhig sitzen.

Das Tor stand offen, wir fuhren in den Hof hinein.

Dort stand - Er - mein Günter, mein Liebster, ich sprang aus dem noch fahrenden Wagen und lief ihm entgegen, er breitete die Arme aus, ich fiel an seine Brust und begann zu weinen, um die verlorene Zeit.

Ich sah zu ihm auf, oh diese Augen, so viel Liebe sah ich darin, wie konnte ich so lange ohne ihn leben?

„Endlich bist du wieder da meine Liebste, mein Leben", raunte er kaum hörbar, packte mich und trug mich ins Haus.

Es gab keine Zeit für uns, die Zeit war stehen geblieben, es gab nur uns, wir hatten uns wieder.

Wir trennten uns erst wieder zwei Tage später am Montag, als Günter in die Praxis musste.

Dreieinhalb Jahre hatte in diesem Haus keine Frauenhand mehr gewirkt, oder? Ich darf mir nie zu sicher sein. Günter mit einer anderen Frau?

Ich würde sterben vor Eifersucht, ich schüttelte mich

und begann mit dem Hausputz, ich werde Tagelang zu tun haben.

Günter kam aus der Praxis, ich rieb meine Hände an der Schürze trocken und lief ihm entgegen, wir fielen uns in die Arme, als wäre er tagelang fort gewesen.

Wie konnte ich nur solange ohne ihn sein?

Wir gingen eng umschlungen in die Küche.

„Setzt dich Liebster, ich koch uns einen Kakao oder willst du lieber Kaffee?"

„Mir ist alles recht, wenn du nur da bist", brummte er, zog mich auf seinen Schoß und schloss seine starken Arme um mich.

Zum ersten Mal half er mir bei dem Hausputz.

„Dann bist du eher fertig", meinte er, „ich habe mein Bestes getan", entschuldigte er sich, „aber offenbar nicht genug".

„Wir werden die Bude schon wieder in Ordnung bringen", sagte ich schmunzelnd".

Abends machten wir wieder unseren Lauf um das Dorf.

Im November fragte er, ob ich ihn begleiten möge auf seine Tour in die neue Zeit.

Er brachte mich im Schlösschen unter, während er seine Besorgungen erledigte.

Der Dezember hatte begonnen.

Ich hatte ihn noch immer nicht eingeweiht, doch ich dachte ständig an meinen Plan, noch dieses Jahr mein Café zu eröffnen war aussichtslos, die Zeit ist zu knapp, dachte ich.

Wann soll ich Günter von meinem Vorhaben
erzählen?

Eines Abends sah ich die Zeit gekommen, denn hier
saß ich untätig herum, nur mit warten beschäftigt und
hatte doch so viel zu schaffen in der anderen Zeit, in
meinem eigenen Schlösschen!

„Das ist nicht dein Ernst", polterte Günter los, „das
kannst du nicht wirklich wollen!"

„Doch, das ist mein voller Ernst", trumpfte ich auf,
„das Haus gehört mir, ich will es nutzen".

„Ich erlaube es nicht, dein Platz ist hier neben mir!",
wütete er und sprang auf.

„Du willst mich also schon wieder verlassen, ich
verstehe dich nicht, du liebst mich gar nicht,
vermutlich hast du mich nie richtig geliebt!", sagte er
und sah mich durchdringend an.

„Schau nicht so", schmollte ich, „diesen Blick kann
ich nicht ertragen, deine ewigen Zweifel an mir,
versteh mich doch, ich möchte etwas schaffen, ich
alleine, all die vielen Jahre habe ich nur von dir
gelebt, ich möchte selbstständig sein!"

„Ich genüge dir also nicht?"

„Das hat doch nichts mit dir zu tun Liebster", wollte
ich ihn beschwichtigen.

„Ich fasse es nicht", stammelte er, „meine Frau will
ausziehen, woanders leben und erzählt mir, dass sie
mich liebt?"

„Ich will doch nicht dort wohnen", verteidigte ich
mich, „nur Anfangs bis das Geschäft läuft".

„Du fährst mich hin, wenn du möchtest, kannst du mir
auch bei der Einrichtung helfen, sonst brauche ich zu

viel fremde Hilfe, du siehst alles viel zu schwarz, es wird dir auch Freude machen, wenn du siehst wie alles entsteht und gedeiht!"

„Ich soll in dieses Haus gehen, in euer Liebesnest, in das Haus in dem du mit diesem Verbrecher gelebt hast, soll ich auch in dem Bett schlafen in dem ihr euch gewälzt habt", er packte mich und begann mich zu schütteln, „du bleibst hier, hier wo du hingehörst", befahl er mit donnernder Stimme.

„Wenn du mir nicht behilflich sein willst, werde ich mich von Hermann begleiten lassen".

„Ach ja, jetzt kommt Hermann endlich ins Spiel, dein anderer Liebhaber!"

„Sag so etwas nie wieder, denn so treibst du mich aus dem Haus, ich möchte keinen Ärger mit dir", sagte ich und verließ den Raum.

„Dieses Weib treibt mich noch zum Wahnsinn" hörte ich ihn noch jammern.

Es war schon später Abend, ich musste mich abreagieren und ging in die Küche, kramte die große Schüssel aus dem Schrank, Butter, Zucker, Eier, Mehl und begann zu backen, was haben wir noch im Hause, gemahlene Nüsse, Mandeln, Quark, Likör, ich holte eine Flasche aus dem Schrank in der Stube, Günter hockte vor dem Fernseher.

„Du kannst den Schnaps auch hier trinken", sagte er. Ich antwortete nicht und ging wieder in die Küche, dort wirtschaftete ich noch eine Stunde, holte den Kuchen aus der Röhre und suchte müde das Schlafzimmer auf.

Das Bett war leer, Günter war auf der Couch

eingeschlafen und schnarchte vor dem laufenden Fernseher. Hier hat er sicher die meisten Nächte verbracht in den vergangenen Jahren, dachte ich.

Ich strich ihm über die Wange.

„Komm ins Bett Liebster", gurrte ich sanft, „komm ich warte auf dich".

Ein paar Tage später sprach ich das leidige Thema noch einmal an.

„Willst du mir wirklich nicht behilflich sein, du Sturkopf, muss ich mir einen anderen suchen?"

„Hm"...brummte er, „ich werde es mir überlegen, du lässt mir ja keine andere Wahl".

„Du billigst also mein Vorhaben?", fragte ich erfreut.

„Sehr ungern!", grummelte er, „also ich bin alles andere als begeistert!"

„Oh wie ich mich freue", jubelte ich und schloss meine Arme um ihn, „du wirst es nicht bereuen".

„Gleich im neuen Jahr werden wir eine Tischlerei suchen, Tische und Gestühl bestellen und eine Theke bauen lassen".

Ich war voller Eifer und riss Günter mit in meine Vorfreude.

Weihnachten und Silvester fuhren wir mit Wolfgang und Hermann in das Schloss und feierten in das Jahr 1895.

Im Januar machten wir uns auf den Weg in die Stadt um das nötigste Mobiliar zu besorgen.

Wir beauftragten einen Tischlermeister, den Tresen nach unseren Wünschen und Maßen zu bauen.

Wir schlossen einen Vertrag mit einer Brauerei und

einem Müller, der uns mit Mehl und Gries versorgen sollte.

Günter betrat das Haus und ertrug den Gedanken an die Erinnerung, der Vergangenheit mit Justin und mir. Immerhin war fast ein halbes Jahr vergangen und schon Gras über alles gewachsen. Er durchstöberte das ganze Haus, nicht übel, ein schönes Haus besitzt du, es wäre wirklich schade es nicht zu nutzen.

Die Nachbarn beäugten Günter zunächst argwöhnisch. Später im März kurz vor der Eröffnung, auch Wolfgang und Hermann hatten bei der Fertigung des Cafés kräftig Hand angelegt, also kurz vor der Eröffnung stellte ich Günter als meinen Gatten vor. Die Umstände hätten es verlangt so schnell wieder zu heiraten. Das Lokal braucht einen Mann, einen Wirt, das Personal einen Chef!

„Oh wie Recht sie haben", sagten die Nachbarn, „wir haben schon die ganze Zeit befürchtet, das wird nicht gut gehen ohne einen Mann der das Sagen hat!"

Der Konditor, ein Bäckergeselle, zwei Stifte und Serviermädchen waren eingestellt.

Günter musste sie alle mit - begutachten.

„Der Kerl gefällt mir nicht", sagte er, als sich ihm auch der- Konditor vorgestellt hatte, „der hat so etwas Überhebliches an sich"!

„Das wird sich noch zeigen, ob er nur überheblich ist oder wirklich etwas kann"…

„Von ihm hängt das Gelingen ab, ich habe keinen besseren Mann finden können, na, wir werden sehen, wenn es ein Erfolg wird, kannst du deinen Beruf ja an den Nagel hängen", meinte ich scherzhaft.

„Ich soll von dir abhängig sein?" fragte er ungläubig.

„Du kannst die Praxis endlich an Wolfgang übergeben und dich zur Ruhe setzen, na ja nicht gänzlich, ich hätte schon noch so manche Aufgabe für dich, was hältst du davon hier der Chef zu werden?"

„So weit sind wir noch lange nicht meine Liebste", entgegnete er, „auf jeden Fall werde ich Wolfgang noch eine Weile mit Rat und Tat zur Seite stehen".

„Bevor wir aber eröffnen mein Liebster, werden wir uns noch einer Verjüngungskur unterziehen, was hältst du davon, du weißt ja, ich habe alles niedergeschrieben!"

„Auch die Zeit mit deinem Justin?"

„Diese Zeit habe ich längst ausgelöscht, alles von diesen vier Jahren ist verbrannt, somit hat es sie nicht gegeben Liebster, wir wollen nun diese falsche Zeit auslöschen, all das was nicht hätte sein sollen, wir löschen die Zeit in unseren Köpfen, alles ist dann nicht geschehen".

Ich hatte natürlich alles ordentlich aufgeschrieben, von dem Tag an als Günter in seinem Alkoholrausch mich des Hauses verwies und Justin mit mir fortschickte.

Es gab nur eine grobe Fassung, aber das genügte, um mir später ein Bild machen zu können, wie es dazu gekommen war.

Wir verschoben unseren Zeitsprung auf später, erst wollten wir die Eröffnung hinter uns bringen.

Alles war gut organisiert. Günter hatte in der neuen Zeit Werbeplakate drucken lassen, Poster die ins Auge stechen, eine Art von Werbung die es so noch lange nicht geben sollte, aus Acrylglas.

Ich stand aufgeregt zwischen den drei Männern.
Kuchen und Torten warten frisch gebacken, gut sichtbar in einer Glasvitrine.
Die Serviermädchen standen in ihren weißen Spitzenschürzchen, zappelig und ein wenig ängstlich hinter dem Tresen bereit.
Günter sah auf die große Wanduhr und öffnete die doppelten Flügeltüren aus Glas.
Im gleichen Moment strömten die Gäste, welche zum Teil schon Stunden vor dem Haus gewartet hatten, in den behaglichen Gastraum.
Alle Bevölkerungsschichten waren vertreten, vom Handwerker bis zum Großgrundbesitzer, alle hatten Eile einen Tisch zu ergattern.
Hermann mit seiner freundlichen Art, hatte Freude daran den Schüchternen und Zaghaften einen Tisch zu zuweisen. Bald gluckerten die Kaffeemaschinen verborgen hinter dem Tresen.
Kuchen wurde auf die Teller gehäuft, was meine Aufgabe war.
Die Mädchen flitzten um dem Andrang Herr zu werden! Wolfgang stand am Zapfhahn, Günter saß an einem kleinen Pult, zu ihm musste ein jeder Gast, um seine Zeche zu begleichen.
Morgen werden die Mädchen das Geld entgegennehmen, heute lief noch alles anders.
Es war Ostermontag, schon morgen werden es kaum halb so viele Gäste sein.

Ich blieb die gesamte nächste Woche, Hermann leistete mir Gesellschaft. Ich beobachtete und prüfte die Mädchen, abends musste die Kasse stimmen, andernfalls gab es Ärger.

„Wenn die Kasse nicht stimmt, müsst ihr das Defizit auf eure Kosten ausgleichen", mahnte ich die Mädchen, „wenn ihr nicht richtig rechnen könnt, schicke ich euch wieder nach Hause Mädels, also strengt euch an".

Sie bemühten sich nach Kräften.

„Ich werde eine Mamsell einstellen müssen oder einen Geschäftsführer, einen der darauf achtet das der Betrieb reibungslos läuft", sagte ich zu Hermann, als er sich auf den Heimweg machen wollte.

„Ich will hier nicht ewig herum hocken, willst nicht du diese Aufgabe übernehmen, ich meine, bis ich eine passende Person für diesen Job gefunden habe!"

„Du glaubst, ich wäre dafür geeignet, na ja, wenn du meinst, könnte ich ein paar Wochen eine kreative Pause einlegen, mein Buch an dem ich schreibe, läuft mir nicht weg".

„Das willst du wirklich für mich tun, du bist ein Schatz, ein echter Freund" lobte ich und gab ihm einen Schmatzer auf die Wange.

Am Wochenende kam Günter, am Montag fuhr ich mit ihm nach Hause.

„Ich suche jetzt einen kompetenten Geschäftsführer der den Ausschank und abends die Abrechnung macht, wir müssen inserieren, am Monatsende werden wir sehen ob sich der Laden rentiert, wenn er nicht einträglich, wenn es ein Flop ist, schließen wir wieder, dann vermieten wir die Schankstube als Clubraum für diverse Vereine".

„Du machst dir zu viele Gedanken Liebste, du musst abschalten, jetzt fahren wir nach Hause in unser Leben".

5 Tage Wöchentlich nur Hausmütterchen sein, verlockend.

Am Samstag fuhren wir gemeinsam in unser Café, denn am Sonntag war wie immer großer Zulauf.

Ein Monat war zu Ende, jetzt kam der Tag der Wahrheit, die Abrechnung heute zeigt ob mein Geschäft eine Zukunft hat.

Günter und Hermann saßen Stunden über den Büchern und prüften gewissenhaft Ausgaben und Einnahmen, sowie alle Unkosten, wie Personallöhne und Heizmaterial, war der Konditor seinen Preis wert? Waren die Gäste zufrieden mit den angebotenen süßen Speisen, waren die Torten und Kuchen fein genug?

Fazit! Es zeigte sich ein enormer Gewinn, mein Baby gedieh! Es wurde zu einem beliebten Ausflugscafé, das Schlösschen direkt am Walde.

Am Monatsbeginn versammelten wir das gesamte Personal um uns.

„Ihr habt gute Arbeit geleistet, ihr könnt alle bleiben, Herr Albers, ihnen gilt mein besonderer Dank, sie sind ein Zauberer, sie haben aus den kargen Zutaten wahre Wunder vollbracht".

Der machte eine wegwerfende Handbewegung.

„Wenn ich meinen Job nicht könnte, hätte ich mich

nicht gemeldet Madame, ohne mich würde hier nichts gehen".

„Oh, er ist sehr von sich eingenommen, ein bisschen eingebildet der Gute!" sagte ich spöttisch.

Er zuckte mit den Schultern.

„Ich weiß was ich wert bin, kann ich mich jetzt bitte zurück ziehen Gräfin, ich habe zu tun!"

„Sie bleiben so lange bis ich ihnen erlaube zu gehen, wir sind hier noch nicht fertig!", sagte ich im scharfen Ton.

„Wie sie wünschen, derweilen verbrennt das Brot und die Brötchen aber wie sie wollen!"

„Dann gehen sie um Gotteswillen, ich komme dann später zu ihnen in die Backstube, ich hätte noch ein paar Verbesserungsvorschläge".

„Der Käsekuchen ist zu fest, sie sparen an der Sahne, die Schokotorte ist ein wenig zu matschig, sie müssen etwas Nusspulver hineingeben, das Brot ist O.K, auch das Weißbrot und die Brötchen, ich möchte das sie ein Mehrkornbrot herstellen, mit Dinkelmehl, Sonnenblumenkernen und Leinsamen sowie ein Zwiebelbrot".

„Sie brauchen natürlich keine frischen Zwiebeln verwenden, wir besorgen ihnen geröstete, Abgepackte, schreiben sie alles was sie benötigen auf eine Liste, an Äpfeln brauchen sie nicht zu sparen, es gibt genug".

„Ach sie meinen es sind nicht genug Äpfel in meinem Kuchen?"

„Wie ich schon sagte, an Äpfeln brauchen sie nicht zu sparen, sie können auch einen gedeckten Apfelkuchen herstellen, auf dem Blechkuchen hätte ich gern mehr Zuckerguss".

„Anstelle von Rum nehmen sie in Zukunft bitte Sherry, den Rumgeschmack mag nicht jeder, ich zum Beispiel, ach und ihre Arbeitszeit werden wir auch ändern, sie werden bis 11Uhr hier durcharbeiten, die restlichen 3-4Stunden hätte ich sie gerne im Schankraum".

„Sie werden einen Gesellen anlernen, der für Brot und Pasteten zuständig sein wird".

„Ach meine Pasteten sind auch nicht nach ihrem Geschmack, was gibt es sonst noch auszusetzen Madame?"

„Oh, ihre Pasteten sind köstlich, deshalb sollen sie ja auch einen jungen Bäcker anlernen der nach ihren Anweisungen arbeitet".

„Ich verstehe!", sagte er frech grinsend, „der soll meine Geheimrezepte lernen".

„Ich dachte wir sitzen im gleiche Boot Herr...wie war doch gleich dein Vorname?"

„Kevin", antwortete er.

„Also Kevin, hier geht es nicht um Geheimrezepte, es geht mir vielmehr darum, dass der Laden reibungslos läuft, ich brauche einen cleveren Mann am Nachmittag in der Gaststube, Sie sind recht passabel!"

„Sie finden mich also passabel!"

„Na ja, ich meine sie sind recht ansehnlich, sie sollten sich nicht nur in der Backstube verstecken, unsere Gäste sollten unseren besten Mann auch zu Gesicht bekommen!"

Seine Gesichtszüge lockerten sich augenblicklich, sein eben noch mürrisches Gesicht begann zu strahlen.

„Ich verstehe", entgegnete er, „ich soll also in feinem Tuch herum spazieren".

„Sie werden nicht herumspazieren, sondern den Ausschank übernehmen, sie haben noch genügend Zeit, eine geeignete Kraft anzulernen, in die Geheimnisse ihrer Backkunst einzuweisen, so lange wie sie dazu brauchen."

„Und wenn ich mich weigere?"

„Ach mein lieber Junge, du weiß genau so gut wie ich, das du hier nirgends einen so gut bezahlten Job, wie bei uns finden wirst", entgegnete ich und verließ den Raum.

Das ist ein harter Brocken, dachte ich.

So ein Wahnsinns Weib...dachte Kevin, die wird mich nicht einschüchtern wie die anderen, die alle vor ihr kriechen und buckeln, als wäre sie die Queen persönlich, an mir wird sie sich die Zähne ausbeißen. Obwohl, eine Gräfin mit so viel Power, ich dachte immer die sitzen nur im Salon und stochern in ihrem Stickrahmen, aber diese blaublütige Lady ist eine Powerfrau, ich möchte bald glauben, ich bin mir sicher, sie ist eine Reisende, eine die ebenfalls dem Schlund der Hölle entkommen ist.

Eine die der Berg genau wie mich ausgespien hat, aus welchem Grund auch immer, seitdem bin ich gefangen in dieser Zeit, ich muss das Beste daraus machen.

Das Beste was mir bisher passierte, ist dieser Job und

dieses Weib, ich bin sicher, sie hat Verbindung in die neue Zeit, kann hin und her pendeln zwischen den Jahrhunderten, wie lange träume ich schon davon das auch zu können.

Nicht nur ihre Kleidung macht mich stutzig, die Lebensmittel sind es, auch wenn die Original Verpackungen entfernt worden sind, sie sagt, sie könne alles besorgen.

Ich werde sie einmal fragen ob sie nicht zu meiner Entlastung ein paar Torten von Coppenrath in unser Sortiment mit aufnehmen will, ha ha, ihr Gesicht möchte ich sehen.

Das werde ich natürlich nicht tun.

Wie mag sie sonst sein, wenn sie nicht gerade die Chefin herauskehrt? Wenn sie einfach nur in einem Raum neben mir sitzt und mich anschaut mit diesen hypnotischen Katzenaugen.

Wie kann man eine solche Frau zähmen?

Ihr Gatte kann das offenbar, neben ihm schnurrt sie wie ein Kätzchen. Auch er wirkt wie ein Weltmann der modernen Zeit, obwohl er ja hier dem Schloss angehört, der schmarotzenden Grafensippe.

Er jedoch ist eine Ausnahme, er ist ein berühmter und beliebter Heiler. Eigentlich ist er schon ein alter Knacker, bestimmt schon bald 60, dennoch kann er solch ein Weib wie sie in seinen Bann ziehen.

Es ist etwas Mystisches zwischen diesen beiden.

Ich werde natürlich immer alles tun was sie mir aufträgt, sie sitzt am längeren Hebel.

Ein Blick von ihr macht mich zahm, ich verstehe mich selbst nicht mehr, wo bleibt meine Kampfeslust?

Wie sollte er damals ahnen, dass sie noch einmal eine große Rolle in seinem Leben spielen, das es einmal Wahrheit werden und sie einst viel mehr verbinden würde.

Die Tür fliegt auf und sie steht im Raum.

„Kevin", sagt sie und lächelt ihn an.

Mein Gott wie kann eine Frau so strahlen, meine Knie werden weich, ich muss den Blick abwenden und bearbeite den Brotteig.

„Kevin", sagt sie noch einmal und kommt mir entgegen, „ich habe etwas vergessen, sie reicht mir ein Bündel Scheine, kauf dir ein paar chice Sakkos, Hemden und auch feine Hosen".

Er schaut auf das Bündel Scheine und ist sehr erstaunt über die Summe, das sind mehr als drei Monatslöhne.

Er verbeugt sich vor ihr und bekommt einen roten Kopf.

„Vielen Dank Gräfin, das werde ich umgehend erledigen", stottert er.

Ich mach mich zum Affen vor ihr, denkt er ärgerlich über sich selbst als sie die Backstube wieder verlassen hat.

Seine Hände verrichten die gewohnte Arbeit, seine Gedanken jedoch schweifen ab, in weite Fernen.

Er sah sein Leben vor sich ablaufen, seine Kindheit und Jugend, aber das war in einem anderen Leben, einer anderen Welt.

Wie gerne würde er seine Familie, seine alten Freunde, seine Stadt und sein Elternhaus noch einmal wiedersehen.

Er wusste das er nur durch diesen widerlichen Höllenschlund, die Verbindung zu seinem alten Leben wiederherstellen, es nur so erreichen konnte, doch er war zu feige diesen gruseligen Zeitkanal noch einmal zu betreten.

Er befürchtete dort stecken zu bleiben, für alle Zeit, was für ein grausames Gefängnis in dieser stinkenden schwarzen Höhle gefangen, vegetieren zu müssen im Vollbesitz seiner physischen und geistigen Stärke.

Er schüttelte sich bei dem Gedanken -Sie- konnte ihm sehr von Nutzen sein, doch wie sollte er sie dazu bringen, was sagen?

Er öffnete den heißen Backofen, höchste Zeit das Brot heraus zu holen. Gleich danach schob er die nächste Ladung hinein.

Er formte noch einige Laibe, das reicht für heute, es würden noch genügend Brote für morgen früh übrigbleiben. Manche Leute bevorzugen Brot vom Vortag, warum auch immer.

Wie sollte er ihr Vertrauen gewinnen, wie sich ihr nähern ohne plump zu wirken und das Gesicht zu verlieren? Die Zeit würde es bringen.

Er hatte schon so lange gewartet, nun kam es auf ein paar Wochen nicht mehr an.

Er musste auf seinen Stolz verzichten, so kam er nicht weiter, nicht bei ihr. Sie war es gewöhnt, dass alle nach ihrer Pfeife tanzen.

Sollte er ihr versteckte Komplimente machen, den Charmeur heraus kehren wie dieser Schreiber, wie hieß er noch?

Von ihm könnte er sich einiges absehen das ihm sehr von Nutzen sein konnte, ein Mann mit Manieren, durch und durch ein Gentleman.

Er, ein aufsässiger Rebell, ein cooler Typ sollte einem Gentleman mimen?

Er musste grinsen, doch warum sollte es ihm nicht gelingen, er würde daran arbeiten.

Wie würde es sein mit ihr, sie an seinem Arm zu führen, ihre Haut an seiner zu spüren, ihre verführerische Blicke auf sich gerichtet, den sinnlichen Mund ganz nah.

„Oh je, das Brot, warum holt keiner das Brot aus dem Ofen", schimpfte er, aus seinen Träumereien erwachend.

Was ist an ihr so anders, so besonderes, das er schon von ihr träumte.

Nun ja, sie ist eine schöne Frau, aber das allein ist es nicht, was reizte ihn so an ihr, verwirrte ihn, machte ihn klein und verwundbar?

Er musste noch den Spezialteig für die feinen Torten mischen und anrühren, nach seinem Rezept das nur in seinem Kopf war. Keiner wusste davon, nur er kannte dieses Gemisch, sein Geheimrezept und so sollte es auch bleiben.

Jetzt sollte er sich auf seine Arbeit konzentrieren, alles musste genau berechnet sein.

Er stellte die Waage auf den Tisch, eine Waage die es gar nicht gab in dieser Zeit, noch ein Grund mehr an ihrer außergewöhnlichen Gabe der Zeitreisekunst zu glauben, sowie all der feinen Zutaten zu dem Teig den er zu bereiten, im Begriff war.

Sie ist im Stande durch die Zeiten zu pendeln und nicht nur sie, auch ihr Gatte der Graf und vermutlich der gesamte Anhang. Möglicherweise ist es ganz simpel, man muss nur wissen wie, er würde es schon noch erfahren.

Er mischte die Zutaten in einer großen Schüssel und begann den Teig kräftig zu kneten.

Seine Gedanken schweiften wieder ab, ihr Bild erschien erneut vor seinen Augen, verdammt noch mal, war er schon besessen von ihr, konnte er an nichts Anderes mehr denken?

„Habt ihr nichts zu tun? Schalt er die Lehrjungen, wir haben noch eine Menge Arbeit vor uns".

„Habt ihr das Obst püriert und die Tortenböden abgebacken, die Chefin wird toben, wenn nicht alles so ist wie sie es erwartet, sie ist sehr anspruchsvoll!"

„Bah...hast du neuerdings Angst vor der Chefin, wir dachten immer du bist hier in der Backstube der Chef!"

„Ich möchte, dass alles perfekt ist so wie immer und ich erwarte von euch solide Arbeit", wetterte er, „also macht eure Arbeit gut Jungs".

Warum bin ich so barsch zu den Bengels, was ist nur mit mir, muss ich mich so überlegen zeigen?

Mit seiner Ruhe war es vorbei, seine Gedanken verirrten sich, wer hätte früher gedacht, dass sein Leben so armselig verlaufen würde.

Niemals wäre ihm der Gedanke an eine Heirat gekommen, undenkbar. Nun saß er hier fest mit 5 Kindern und einer Ehefrau. Eine Zwangsehe, unfreiwillig, eine aufgedrängte Gattin. Ein tristes Leben mit all den Gewohnheiten und Bräuchen dieser sittenstrengen Zeit.

Er hatte sich zähneknirschend gefügt, selbst der Sonntägliche Kirchgang ließ sich nicht vermeiden, in Festtagskleidung umringt von den Kindern. Es gibt schlimmeres, dachte er und verdöste die Stunde im Hause Gottes.

Pünktlich um 12 Uhr wurde das Mittagsmahl aufgetragen, er saß am Tisch und ließ sich bedienen, nichts Anderes wurde von ihm erwartet.

Die älteste Tochter, 15-jährig ging der Mutter schon fleißig zur Hand.

„Hat es dir geschmeckt liebster Vati?", fragte sie nun.

„Ja ausgezeichnet", antwortete er und betupfte sich den Mund mit einer Serviette.

Er hatte in ein gutbürgerliches Haus eingeheiratet. Der Schwiegervater bewohnte einen großen behaglichen Raum im Obergeschoss, seit er Witwer geworden war.

Dort empfing er all Abendlich den jetzigen Hausherren Kevin, mit einem Kartenspiel auf welches beide Männer nicht verzichten mochten, der Höhepunkt des Tages, die einzige belebende Abwechslung.

Mein Gott was für ein ödes Leben. Was für eine große Zukunft hatte ich mir einst erhofft.

Ich selber habe mir diesen Schlamassel eingebrockt durch meine Dummheit, meinen Starrsinn und Arroganz.

Alles hatte begonnen nachdem er angeblich das zweite uneheliche Kind gezeugt hatte.

Er bezweifelte seine Vaterschaft und weigerte sich, für das Baby aufzukommen. Er wollte keine Kinder, noch eine feste Bindung, vielmehr strebte er nach einem höheren Posten auf der Karriereleiter.

Er hatte schon damals ein gutes Einkommen, es wäre ihm nicht schwer gefallen die Alimente zu zahlen, das jedoch wäre ein Eingeständnis seiner Vaterschaft gewesen. Er fühlte sich zu jung, diese Verantwortung zu tragen, es drohte ihm ein Gerichtsverfahren.

Nicht mit mir, dachte er und floh bei Nacht aus dem Land. Doch auch dort fühlte er sich nach einiger Zeit verfolgt, man fahndet nach mir, sucht mich wie einen Verbrecher.

Als er eines Tages in einem Café saß, bemerkte er zwei Polizeibeamte die vor dem Laden patrouillierten. Sie werden mich einsperren, dachte er und floh kopflos in Panik durch den Hintereingang in das nahe Gebirge und begann in die Höhe zu steigen.

Bald fand er Spaß an der Kletterei, er fühlte sich gut, hatte ein Erfolgserlebnis, als er von hoch oben in die Tiefe schaute.

Bald entdeckte er eine Höhle, hier kann ich übernachten, morgen werde ich dann weiter ziehen in eine andere Gegend.

Zum Glück hatte er den Rucksack mit seinen Habseligkeiten dabei, es war nicht viel was er mit sich herumtrug. Das wichtigste war seine prall gefüllte Geldbörse, sie ermöglichte ihm ein sorgloses Leben in billigen Pensionszimmer und seinen Hunger zu stillen, doch wie lange noch?

Bald würde er sich einen Job suchen müssen, für alle Fälle hatte er einen Schlafsack in seinem Gepäck.

Er bettete ihn auf den Felsboden und streckte sich aus um nach der anstrengenden Tour auszuruhen, jedoch er fand keine Ruhe.

Er betrachtete die Höhle genauer und stutzte, jetzt sah er eine weitere Öffnung die noch tiefer in den Berg führte.

Vielleicht kann ich dort auf die andere Seite gelangen, das wäre von großem Vorteil für mich.

Morgen früh werde ich aufbrechen zu einem neuen Abenteuer, dachte er und kroch in sein Schlaflager.

Kapitel 7:   Der tiefe Fall

Er erwachte von Durst geplagt, räumte in aller Eile sein Nachtlager, schnürte sein Bündel und machte sich voller Tatendrang auf den Weg.

Er zwang sich durch den schmalen Spalt und bereute schon beim ersten Schritt in die zweite Höhle sein Vorhaben. Das Grauen packte ihn! Er wollte sogleich zurück, doch war es ihm nicht mehr möglich.

Eine unerklärliche Kraft hielt ihn fest.

Er hörte fürchterliche Schreie, fühlte sich umringt von Monstern.

Nur mühsam konnte er sich fortbewegen zu dem rettenden Licht auf der anderen Seite.

Das Licht muss ich erreichen, das ist meine Rettung, es stank entsetzlich nach Verwesung, das schlimmste jedoch war das Geheule.

Sind das menschliche Stimmen, bin ich in der Hölle gelandet? Oder in einem Horrorfilm.

Das Vorwärtskommen fiel ihm schwer, das durchqueren dieser Höhle wähnte ihm wie eine Ewigkeit. Der helle Schein schien nicht näher zu rücken und spendete auch kein Licht.

Er fühlte sich wie in einem Albtraum gefangen, konnte kaum von der Stelle kommen.

Endlich nach Stunden, so erschien es ihm, fühlte er mit seinen Händen die Felswand, doch wo war der Ausgang, gab es keinen, war er gefangen in dieser Gruft, gefangen für immer?

Er war zu keinem klaren Gedanken fähig, hockte sich

vor die Felswand und begann zu brüllen, mit den Wölfen heulen, mit diesen bedrohlichen und furchteinflößenden menschlichen Kreaturen, jetzt bin ich einer von ihnen.

Bald begann er zu beten, alte Verse aus seiner Kindheit, fielen ihm plötzlich ein.

Seine Fäuste trommelten gegen die Wand, die Verzweiflung packte ihn, ist das nun mein Ende?

Jetzt bereute er zutiefst, was er alles falsch gemacht hatte, alles würde er gern rückgängig machen.

Die totale Dunkelheit und die entsetzlichen Schreie aus der Tiefe der Höhle machten ihn halb wahnsinnig. Um mit seiner eigenen Stimme die schauderhaften Laute zu übertönen, begann er laut zu zählen.

Bei 1868 machte er eine Pause.

Plötzlich fiel Licht in die Höhle, eine Öffnung, ein Ausgang tat sich auf, er erhob sich flink und stürzte mit einem Satz aus seinem Gefängnis ins Freie.

Die Sonne wärmte ihn, die Vögel sangen ihr Lied, er war frei, war der Hölle entkommen, oh wie schön ist die Welt. Er sah den unendlichen Himmel über sich, sah die Wolken ziehen, der Wind schaukelte die Bäume unten im Tal.

Ich bin neu geboren.

Er setzte sich auf den großen Stein und schaute in die Ferne. Ein fremdes unbekanntes Land tat sich vor ihm auf. Ein Gefühl des Glückes breitete sich in ihm aus, packen wir's an, auf zu neuen Abenteuern.

Er begann mit dem Abstieg, tief unten machte er einen Weg aus, ein breiter Waldweg, fast schon eine Straße. Bald hatte er die Straße erreicht und sah nicht

weit entfernt ein Dorf, zunächst brauchte er eine neue
Bleibe, ein Zimmer nur für die nächste Nacht.
Es ist wohl Mittagszeit, die Landleute ruhen in ihren
Häusern oder sind zu ihren Jobs unterwegs, dachte er,
denn kein Auto war weit und breit zu sehen.
Die Dorfstraße war menschenleer, nur ein paar Kinder
liefen schreiend vor ihm davon.
Kein Wirtshaus oder eine Kneipe. Was für ein
armseliges Kaff, dachte er und hatte auch schon den
Ortsausgang erreicht.
Von Durst gepeinigt, marschierte er über die
Landstraße, was für eine schlechte Straße, eher ein
Feldweg. Jetzt sah er die Arbeiter auf den Feldern mit
Sensen bewaffnet, taten sie ihre Arbeit.
Keiner hatte einen Blick für den einsamen Wanderer.
Er erreichte den nächsten Ort, auch dort vermisste er
die parkenden Autos vor den Gehöften, stattdessen
bemerkte er einige Kutschen.
Wie in einem Film, dachte er, merkwürdig, ist dass
alles eine Filmkulisse, ein Drehort?
Er war münde, hungrig und durstig, doch auch hier
gab es kein Wirtshaus. Alles war so anders, wo war er
hier nur hingeraten, in die tiefste Provinz?
Konnte es sein, dass die Menschen hier noch so
rückständig waren? Wieder hatte er den Ortsausgang
erreicht, es konnte ja nur besser werden, doch es
änderte sich nichts! Auch im dritten Ort sah er kein
Auto, noch eine Pension die ihn zur Einkehr einlud.
Er hielt schließlich einen Pferdewagen an.
Der Kutscher schien Angst vor ihm zu haben und gab
ihm nur unwillig Auskunft.

Ein Wirtshaus gibt es erst im vorletzten Dorf vor der großen Stadt. Welche Stadt, wie heißt diese große Stadt.

„Er kennt nicht unsere Stadt, wo kommt er denn her, in diesem Aufzug nur halb bekleidet, gehe er mir aus dem Weg, hü - ha „- trieb er seinen Gaul an.

Kevin rettete sich mit einem Sprung zur Seite und sah ungläubig dem davon ratternden Gespann hinterher.

Wenn es nicht so ungeheuerlich wäre... mein Verdacht der immer mehr Gestalt annimmt, müsste ich glauben… sicher bin ich in einem Albtraum gefangen, alles das ist nicht wirklich geschehen.

Ich fühlte mich wie in ein anderes Jahrhundert versetzt.

Er betrachtete die Kleidung, des sich entfernenden Landmannes, die Arbeiter auf den Feldern, die davonlaufenden Kinder, die Autolosen Ortschaften, all das ergab ein Bild, dennoch wollte sein Verstand es nicht registrieren und einordnen.

Halb bekleidet soll ich sein? Bah... er sah an sich herab. Er trug khakifarbene Leinenhosen mit vielen Eingriff-Taschen, derbe Schuhe und ein T- Shirt, kurzärmelig, die Muskeln freigebend.

Halb bekleidet, wie spießig und verknöchert, aber so waren die Menschen wohl, keiner wagte aus der Reihe zu tanzen, kaum einer bekundete seine eigene Meinung, die Welt ist noch eine Scheibe.

Um Gotteswillen, in welchem Jahrhundert befinde ich mich hier, möglicherweise 17 Hundert?

Was soll ich hier in dieser frühen Zeit? In einer falschen Zeit gefangen, das ist kein Film oder Traum, das ist grausame Wirklichkeit.

Er griff in seine Hosentasche, fühlte seine dicke Geldbörse. Das gute Geld hat keinen Wert, ist nicht das Papier wert auf dem es gedruckt ist.

Ich bin arm, bin ein Bettler, ein Bettler in einer unwirtlichen Zeit.

Er setzte einen Fuß vor den anderen, lief ohne ein Ziel zu kennen, die Sonne stand schon tief, als er in der Ferne 5 Türme im Schein der Sonne wie im Feuer glitzern sah.

Ein Schloss, erkannte er im Näherkommen.

Vielleicht werde ich dort Obdach oder einen Job finden, als Hilfskoch, oder die edlen Damen bedienen.

Er bekam auf der Stelle einen Job als Erntehelfer.

Jetzt war er ein Knecht des Grafen, obgleich er ihn bislang nur aus der Ferne gesehen hatte.

Bei dem alljährlichen Erntedankfest, der großen Feier auf dem Schlosshof, sah er - Sie - zum ersten Mal, am Arm von diesem Herkules.

Sie schritt nicht hochnäsig an den langen Tafeln mit dem gemeinen Bauernvolk vorbei, nein, sie lächelte als begrüße sie jeden Einzelnen von Ihnen.

Sie erschien wie ein kurzer Sonnenstrahl an einem Regentag, schon war sie wieder verschwunden wie eine Fatamorgana.

An diesem Abend lernte er seine zukünftige Frau kennen. Sie saß an einem anderen der langen Tische, er fühlte ihre Blicke auf sich ruhen und wurde aufmerksam.

Einige Humpen Bier später, hatte er, sie sich schön getrunken. Ein fesches Weib, dachte er, sicher eins der

Hausmädchen.

Er hatte mit den anderen Feldarbeitern im Schuppen nächtigen müssen und somit noch kaum jemanden von dem Hausgesinde kennenlernen können, bis auf den ersten Diener.

Der war überall zur gleichen Zeit, wachsam mit wissenden Augen.

Kevin sah gleich das der wehrte Diener nicht nur auf Frauen, sondern gleichermaßen auch auf hübsche Jünglinge stand. Ihm galt es schöne Augen zu machen, er spekulierte mit dem Posten als Zweitkoch, wenn er erst einmal den Posten innehatte, würde es ihm bald gelingen Chefkoch zu werden.

Jetzt wartete er darauf, dass der Platz neben dem feschen Mädel frei werden möge.

„Du bist vermutlich hier die Hausdame „begann er seine Anmache.

„Oh nein, ich gehöre nicht zu dem Hausgesinde, ich bin die Tochter des Hoflieferanten", sagte sie errötend.

Er verneigte sich vor ihr, griff nach ihrer Hand und drückte einen Handkuss darauf, sie errötete noch mehr und zog ihre Hand zurück.

„Ich habe mir schon gedacht, dass sie kein gewöhnlicher Dorftrampel sind, sie haben so etwas edles Madame", schmeichelte er ihr.

Zum ersten Mal als Madame bezeichnet, glaubte sie sich als etwas Besonderes angesehen.

Was für ein Mann, welch erstklassige Manieren, Papa sollte ihn sehen, der wäre ihm sicher gut genug für seine Tochter.

Er machte ihr noch einige Komplimente, sagte zum Schluss: „Wir sehen uns später in der Scheune, da können wir alleine sein und uns über alles unterhalten".

Diese Masche zog bei fast allen Frauen hier, er konnte es ebenso wenig erwarten wie sie, er hatte lange keine Frau gehabt.

Drei Monate später sah er sie mit geröteten Augen wieder.

„Du musst mich heiraten", flüsterte sie ihm im Vorbeigehen zu, „du wirst Vater im nächsten Sommer".

Jetzt ist es schon wieder geschehen. Natürlich trug das blutjunge Mädel keine Schuld, es gab ja keine Pille zur Verhütung. Er allein trug die Verantwortung, er überlegte 20 Tag hin und her.

Welch ein Wahnsinn hier in dieser Zeit eine Familie zu gründen, er grübelte ob es nicht besser wäre, weiter zu ziehen und entschloss sich für letzteres.

Schade, jetzt hatte er einen Job im Warmen, zwar miserabel bezahlt, jedoch eine ordentliche Anstellung die ihn weiterbringen würde.

Kapitel 8:   Abgrund

Bei Nacht und Nebel packte er sein Bündel, wollte sich wieder einmal aus dem Staub machen.

Jedoch er kam nicht weit, die Brüder seiner jungen Gespielin hatten ihm aufgelauert. Sie packten und prügelten ihn bis er Vernunft annahm, wie sie es ausdrückten!

Der Hochzeitstermin wurde festgelegt.

Nun sitzt er hier bald 30 Jahre fest, in diesem Nest.

Mittlerweile ist er fast 50 Jahre, fühlt sich noch jung und vital, könnte Bäume ausreißen.

Die Zahl der Kinder war auf 5 angewachsen.

Er hatte niemals den Wunsch nach Kindern, na ja er war jung, alles lag in weiter Ferne damals, im anderen Leben.

Nun wachsen 5 prächtige Sprösslinge, Samen aus seinen Lenden von denen er sicher wusste, dass sie seine Gene trugen, sein Fleisch und Blut, Töchter und Söhne die er innig liebte, erstaunt über solche tiefen Gefühle, hatte er nur den einen Wunsch, Ihnen eine bessere Zukunft zu ermöglichen.

Sein Eheleben bestand nur aus gemeinsamen Mahlzeiten und der nächtlichen Umarmung im Schlafgemach. Es gab keine Gespräche, worüber sollte er sich mit ihr unterhalten.

Er stand um 2 Uhr auf, verließ die schlafende Gattin und das Haus.

Am Nachmittag kehrte er heim, schlief bis zum Abendessen und begab sich darauf in das

Dachgeschoss, um mit dem Alten Karten oder gelegentlich eine Partie Schach zu spielen, bei einigen Gläschen Sherry.

Jeder Tag verlief gleich. Der Kirchgang musste schon ein halbes Jahr ausfallen was ihm gewiss nicht schwer fiel. Seine Gattin beklagte sich nie, brachte er doch gutes Geld nach Hause.

Sie konnte die Kinder und sich selbst angemessen kleiden und den Tisch reichlich decken.

Er hätte zufrieden sein müssen, jedoch der Mief der Kleinbürgerlichkeit, der stupide Trott, langweilte ihn zu Tode, nachdem er sie kennen gelernt hatte.

-Sie- ließ ihn eine andere Welt erahnen, er konnte kaum noch erwarten -Sie- zu sehen, wenn er aber vor ihr stand wurde er sich seiner Unzulänglichkeit bewusst, fühlte sich minderwertig, gab sich barsch und unhöflich. Ich bin nicht minderwertig, nur weil ich ihr untergeben bin, ich muss über mich hinauswachsen.

Er füllte den lockeren Teig in Formen und sah gedankenverloren aus dem kleinen Fenster in den Garten.

Immer stärker machte sich das Gefühl in ihm breit, sie zu kennen.

Er wusste - ahnte ja nicht, das sie eine unerklärliche Macht verbinden würde - welche Pläne das Schicksal auch immer für ihn bereithielt.

Doch plötzlich erinnerte er sich. Längst vergessene Bilder erwachten zum Leben, ein buntes Leben mit ihr an seiner Seite.

Eine Episode, ein tiefer Einschnitt in sein Leben, in einer anderen Zeit. Obgleich sie ihn nicht nur die Hölle, sondern auch den Himmel erleben ließ.

Doch welch unglaublich, köstlicher Zauber sie auch verbannt, so würde er dennoch wieder in sein tristes Leben zurückgehen, denn in der Zukunft, existierten schon seine zahlreichen Enkel.

Deren Blut in seinen Adern floss, Fleisch von seinem Fleisch und dem seiner Söhne und Töchter.

Was wäre, wenn er ihnen in der Zukunft begegnen würde, sinnierte er.

Wenn ich mich doch nur besser erinnern könnte, – oder war alles nur Fantasie, Visionen, die ihn bissweilen heimsuchten, gleich eines längst vergessenen Filmes, der bei neuer Betrachtung wieder zum Leben erwacht.

Aber ich sitze hier, klebe in dieser verfluchten Zeit fest.

Ein leichter Brandgeruch stieg in seine Nase.

„Boss, es ist Zeit für dich, die Chefin wartet nicht gern", hörte er seinen Gesellen rufen.

Erschrocken – aufgewühlt bis ins Mark, schüttelt er sich, befreit sich aus den feinen Weben der Traumgespinste und kehrt wieder in die Realität zurück.

Ich bin ein Spinner, gefangen in meinen Träumen, doch was bleibt mir, als zu träumen von einer anderen Zeit.

Günter kam von seinem Waldlauf zurück.

„Hast du alles regeln können?", fragte er, noch atemlos.

„Ja, soweit ist alles geregelt, ich möchte das der Backmeister, also der Konditor den Nachmittag in der Gaststube arbeitet, die Gäste müssen eine Ansprechperson haben, einen Mann der auf alles ein Auge hat, wenn ich nicht hier bin".

„Hermann hat bisher diesen Posten ausgeübt, jetzt will ich es mit dem jungen Kevin versuchen, der hat ein autoritäres Auftreten".

„Kevin, wer ist Kevin?", fragte Günter misstrauisch.

„Der Konditormeister", klärte ich ihn auf.

„Ach, ihr seid schon beim Du angelangt, gibt es schon wieder einen neuen der dich anhimmelt!"

„Was redest du da für einen Unsinn, ich habe ihn mit Vornamen angesprochen wie alle anderen auch, du selbst hast mich doch belehrt, es wäre üblich, das Hauspersonal bei Vornamen zu rufen, außerdem ist er halb so alt wie ich".

„Na na, der sieht mir eher aus als wäre er bald 40 Jahre, egal, sei es drum, ich denke du weißt was du tust!"

„Ich hoffe es ist richtig was ich vorhabe", sagte ich, „wenn es nicht funktioniert, kann ich immer noch einen Geschäftsführer suchen".

„Tu was du für richtig hältst Liebes, ich jedenfalls muss heute noch fahren, wirst du mich begleiten"?

„Ja Liebster, ich will mit dir nach Hause kommen, nächstes Wochenende fahren wir wieder zusammen hier her".

Eine Woche später rief ich wieder den Zuckerbäcker zu mir, er war unabkömmlich.

Ich betrat unangemeldet die Backstube und überraschte die Männer im Unterhemd vor den heißen Backöfen arbeitend.

Ich erinnerte mich an die Zeit in Hermanns Küche, als ich selbst im Hemdchen am heißen Ofen stand und musste laut lachen.

„Sehe ich so lächerlich aus", brummte der Chef der Backstube.

„Oh nein durchaus nicht", beruhigte ich ihn, „lass dich durch mich nicht ablenken, ich erwarte dich um 11 Uhr zu einem Gespräch in meiner Bibliothek".

Ich sah den Männern noch eine Weile schmunzelnd bei der Arbeit zu und verließ auf leisen Sohlen den Raum.

Ich erwartete ihn mit Günter an dem kleinen runden Tisch sitzend. Günter schaute kurz auf und beugte sich wieder über seine Schreibarbeit.

Ich bot ihm absichtlich keinen Stuhl an.

Wir besprachen seine neue Arbeitszeit und seinen zukünftigen Dienst, sowie eine eventuelle Lohnerhöhung.

Günter hatte seine Hefte zugeklappt und musterte nun unseren besten Mann eingehend.

„Das wäre erledigt!", sagte ich zu Günter, als Kevin den Raum verlassen hatte.

Trotz der großen Küche mit den drei Backöfen, hatte ich meine eigene kleine funktionelle Küche und bekochte uns selber.

Günter hatte nun Unmengen von Lebensmitteln zu besorgen. Meistens begleitete ich ihn, oft auch halfen Hermann und Wolfgang die vielen Pakete zu tragen, unsere Freizeit wurde immer knapper.

Noch murrte Günter nicht, er ertrug alles mit Fassung, ich hatte bereits erste Zweifel ob dieser ganze Stress noch die Erfüllung meiner Wünsche war.

Kevin hatte längst seinen Dienst in der Wirtsstube angetreten, alles lief bestens.

Meine Anwesenheit beschränkte sich auf die Wochenenden, Hermann und Wolfgang waren immer mit dabei. Bei großem Andrang fand ein jeder von den Männern seine Aufgabe, verborgene Talente.

Hermann geleitete elustre Gäste freundlich plaudernd an ihre Tische.

Man fühlte sich geehrt, denn er hatte inzwischen einen hohen Bekanntheitsgrad, zierte regelmäßig die Titelseiten der Gazette. Viele Gäste kamen um ihn persönlich zu erleben.

Wolfgang stand mit Günter hinter dem Tresen, Kevin half gelegentlich den Mädchen, bei der Bewirtung der Gäste. Auch er hatte einen gewissen Charme, war beliebt bei den Gästen, eine gute Wahl, dachte ich oft, wenn ich ihn in seinem eleganten Anzug mit den Gästen scherzen sah, er ging sichtlich auf in seiner neuen Aufgabe.

Hätte ich damals gewusst, was mich einst mit ihm verbinden, dass sich unsere Wege, in der fernen Vergangenheit, auf mysteriöse Weise, nicht nur kreuzen, sondern uns viel mehr vereinen würden.

Ach - ich darf den Geschehnissen nicht voraus greifen.

Wir waren ein tolles lustiges Team, jeder tat was ihm am besten lag. Hermann begrüßte und verabschiedete nach wie vor die Stammgäste der höheren Gesellschaft, zu der er ja selbst gehörte, auf seine sympathische Art mit netten Worten und Handschlag.

Es herrschte eine angenehme Atmosphäre, Stimmengewirr und Lachen säuselten uns ein.

Günter ließ die Kasse klingeln, ich stand hinter dem Kuchenbuffet und arbeitete mit flinken Fingern.

Gläserklirren, das leise klappern der Löffel und Gabeln auf dem Geschirr, Geraune, Stühle rücken und gedämpfte Musik aus dem Hintergrund, von der keiner der Gäste wusste woher sie kam.

Keiner fragte je danach, es war ganz einfach angenehm.

Das war jetzt unser Leben an jedem Wochenende.

Die Woche über, führte ich mit Günter allein unser normales Leben, versorgte den Haushalt und Günter, freute mich noch immer jeden Tag, wenn er die Praxis schloss und zu mir in die Küche kam.

Ihm erging es ebenso, wir fielen uns in die Arme und hielten uns ganz fest. Nachmittags pflegten wir unsere Mittagsruhe und abends versäumten wir niemals unseren Lauf um das Dorf.

Freitag und Samstag war die Praxis geschlossen.

Am Freitag machten wir uns zu viert auf den Weg in das Center zu unserem Großeinkauf.

Hermann stellte uns seine geräumige Luxuskutsche zur Verfügung, sie wurde vollgeladen mit Kisten und

Paketen, für das Café bestimmt.

Abends kochte ich Riesentöpfe voll Gulasch und Zwiebelsuppe, fror die Hälfte davon ein, sie musste für die ganze Woche reichen.

Samstagvormittags fuhren wir zu viert wieder zu unserem Café.

Hermann freute sich besonders auf die Abwechslung in seinem tristen Alltag.

Ich glaube, alle hatten Spaß an ihrem Nebenjob, denn alle waren bestens gelaunt, schon auf der Hinfahrt begannen sie zu singen, ich stimmte mit ein.

Wie schön kann das Leben sein, dachte ich, nicht nur an diesem Tag.

Im Mai endlich wollten wir unsere Verjüngungskur unternehmen. Ich schrieb tagelang unermüdlich, klebte fleißig Fotos an die passenden Stellen, wir filmten im Lokal, bei uns in der Küche und Stube, im Hof und Garten, schließlich auch in der Backstube die tüchtigen Männer bei ihrer Arbeit.

Ich sprach auf Band, auch Günter gab seinen Kommentar dazu, wir einigten uns auf 10 Jahre zurück.

Wir wollten selbstverständlich in der jetzigen Zeit wiedererscheinen, nur haben wir dann leider keine Erinnerung an die Jahre dazwischen.

„Wir haben gut vorgesorgt", sagte Günter, „du hast ja alles dokumentiert Liebste".

Plötzlich kamen mir Zweifel, wir können nicht von einem auf den anderen Tag 10 Jahre jünger erscheinen.

„Sieh mal die ganzen Leute, das Personal, Wolfgang,

Hermann und alle die uns jeden Tag sehen, all ihnen würde es sofort auffallen, lass uns warten bis nach der Winterpause Liebster".

„Wir werden im Januar und Februar schließen, in dieser Zeit können wir den Zeitsprung machen, wir kommen dann erholt und frisch von einer Kur zurück, also noch ein halbes Jahr, solange musst du deine alte Gattin noch ertragen".

„Du wirst mir nie zu alt sein Schätzchen", entgegnete er und nahm mich in den Arm.

„Ja, weil du mir ja immer 9 Jahre voraus bist", sagte ich und lachte, „auch du hast doch lieber eine knackige frische Frau im Arm oder?"

„Du bist noch recht knackig wie eine pralle reife Melone!"

„Mit einer Melone vergleichst du mich also, prall und rund, was soll ich davon halten", wir lachten beide.

Es war Hochsommer, die Beeren waren reif.

Ich hatte 2 Gärten abzuernten, morgens pflückte ich im Garten am Berge, nachmittags im Garten am Wald.

Wolfgang und Hermann waren mir eine große Hilfe.

Wir schafften Eimer und Körbe voll in die Backstube und scheuchten die fleißigen Lehrjungen, den neuen Bäcker und Kevin auf.

„Arbeit", rief ich, „das gibt leckere Kuchen und Torten, die Gäste werden uns das Haus einrennen".

Ich schüttete Himbeeren und Johannisbeeren in verschiedene große Spülbecken und begann mit flinken Händen die Früchte zu waschen.

„Nächste Woche bringe ich Sauerkirschen, überlegt euch schon leckere Rezepte Jungs, morgen werde ich euch beim Backen helfen, also morgen in aller Frische".

Die Lehrjungen und der Geselle glotzten mich ungläubig an.

Ihre Chefin und noch dazu eine Gräfin, arbeitete in ihrer Backstube, verrichtet niedere Arbeit.

Sie stierten blöde mit offenem Munde, während Kevin mich aus den Augenwinkeln heraus beobachtete, ohne in seinem Tun innezuhalten.

„Ich werde morgen die Obsttorten bereiten, ich hoffe die Böden sind dann fertig gebacken und ausgekühlt, wenn ich mit der Arbeit beginne, ihr könnt dann von dem Rest der Früchte feine Obstsahnetorten bereiten, ich werde gleich die neue Karte schreiben".

„Ich glaube, ich bereite selbst die hohen Sahnetorten", überlegte ich laut.

„Sie trauen mir nicht zu, eine Obstsahnetorte schnittfest hin zubekommen Gräfin?" fragte Kevin entrüstet.

„Ich weiß nicht ob ihr gelernt habt mit Gelatine zu arbeiten!", warf ich ein.

„Gelatine, was ist das?" fragte der junge Bäckergeselle.

Kevin machte eine wegwerfende Handbewegung.

„Ich habe Jahrelang mit Gelatine gearbeitet", sagte er abfällig, „nur leider habe ich hier noch keine gesehen".

„Ich habe reichlich davon mitgebracht", entgegnete ich und winkte den Lehrjungen mir zu folgen, „ihr müsst die neue Ware ausladen Jungs".

Pünktlich um 8 Uhr betrat ich in einem luftigen ärmellosen Sommerkleidchen mit großer Schürze davor, die Backstube und staunte, die feinen Beerentorten standen fertig aufgereiht auf dem Tisch.

„Wow", sagte ich, „das sind ja wahre Kunstwerke, prächtig, auch schon garniert, lobte ich".

Kevin machte wieder seine typische Handbewegung.

„So etwas mache ich mit links", brummte er.

Ich tätschelte ihm die Schulter und nickte zustimmend.

„Wann hast du mit der Arbeit begonnen?" fragte ich leise.

„Um halb zwei Uhr früh", antwortete er.

„Oh tüchtig, tüchtig dann kannst du um 12 Uhr Feierabend machen."

„Aber der Nachmittagsdienst?" fragte er.

„Ach, den kann mein Sohn für dich erledigen", antwortete ich.

„Ihr Sohn ist das", fragte er ungläubig, „der ist doch kaum jünger als sie!

„Na ja er ist mein Stiefsohn!", erwiderte ich und machte mich an die Arbeit.

Kevin ging mir zur Hand, unsere Hände berührten sich öfters.

Erst zuckte er wie elektrisiert zurück und lief rot an, arbeitete aber weiter dicht neben mir.

Ich lachte und verwirrte ihn vollends.

„Machen sie Feierabend Meister, wenn sie Angst vor mir haben".

Er sagte nichts, ich fing nur einen seltsamen Blick von ihm auf.

„Ich bin es nicht gewöhnt mit einer Frau zusammen zu arbeiten, und mit so einer Frau schon gar nicht", entschuldigte er sich, bevor ich später die Backstube verließ.

Wir werden gewiss noch öfter zusammen arbeiten" bemerkte ich und ging lachend aus dem glühend heißen Raum.

Ich war verschwitzt und hatte es eilig ins Bad zu kommen.

Die Gaststube war überfüllt.

Die Männer stellten Bänke und Tische im Garten auf, auch die waren bald besetzt.

Wolfgang bediente die Gäste im Freien, ein wenig ungeschickt zunächst, aber sehr ernsthaft.

„Wir müssen noch ein Mädchen einstellen", sagte Günter abends, „du schuftest dich zu Tode".

Das vierte Serviermädchen erschien zwei Tage später.

Nach den Strapazen des Tages wollte ich ein wenig entspannen, zur Zerstreuung laufen, die Kühle des Waldes, das beruhigende Grün und die frische Luft genießen, ich wollte allein sein.
Gedankenverloren fand ich mich bald auf dem Weg zu den Höhlen, -Macht der Gewohnheit-.
Mein Blick fiel auf die kleinere Nebenhöhle, erschrocken sah ich dort eine erbärmliche Männergestalt hocken.
Ich verhielt meinen Schritt und starrte auf die zerlumpte Gestalt.
Ist das nicht Gisbert… der einst so stolze Gisbert?, flammte einen kurzen Moment der Name und das Bild des kühnen Ritters, wie ein Spot vor meinen Augen auf.
Ein Adonis, wie Gott Mars in Person.
Nun allerdings gab er ein mitleiderregendes Bild des Ekels ab, eher einer Kreatur zum Fürchten.
Fassungslos blieb mein Blick an ihm haften.
Was um Himmelswillen treibt er hier in dieser Zeit?
Könnte es sein, dass er keinen Frieden fand und Ruhelos in der Zeit umherirrte, weil er nicht sterben konnte.
Hatte er doch mit seiner Geburt in den mystischen Katakomben der Unterwelt, die Unsterblichkeit erlangt, - in tiefster Vergangenheit.
Mein lustiger stolzer Ritter, von damals aus einem anderen so lange - lange schon vergangenem Leben.

Längst vergessene Erinnerungen erwachten in mir, ich sah ihn hoch zu Ross vor mir tänzeln, er beugte sich lachend zu mir herab, hob mich auf das Pferd vor sich und schloss die Arme um mich und los ging die Jagt in wildem Galopp.

Ich war in einem fernen rauen Land, in tiefster Vergangenheit, 12 Hundert etwa.

Jetzt hat er mich gesehen, seine wilden Augen bohren sich in – Meine -, sein zottiges Haar war mittlerweile schlohweiß.

Wie alt mag er jetzt wohl sein, mein Ritter von damals… 600 Jahre?

Seine Augen weiten sich, hat er mich erkannt?

Oh mein Gott, er steht auf und kommt auf mich zu.

Nur das nicht, denke ich und habe nur noch das Bedürfnis zu fliehen, zu entkommen, in die rettende Höhle zu flüchten.

„Warum läufst du von mir fort", höre ich noch seine verzweifelten Rufe, bevor das Höhlentor sich hinter mir schließt.

Ganz von dem soeben Erlebten gefangen - oder war das nur eine Vision?, trotte ich den Hang hinab in mein beschütztes, langweiliges Leben.

Oh der arme Kerl, so hatte ich also doch in die Vergangenheit eingewirkt, sie beeinflusst und Unglück gebracht.

Wie konnte ich im Nachhinein, den Eingriff in die Vergangenheit ungeschehen machen, ohne erneut in diese unwirtliche Zeit eintauchen zu müssen?

Der gewohnte Trott nahm mich wieder auf, als wäre nichts geschehen.

Doch ich fand lange keine Ruhe.
Ich kann mich gar nicht erinnern, habe keine Ahnung
wie ich einst in das Mittelalter gelangt sein mag,
grübelte ich die folgenden Tage.
Dieses aufwühlende Erlebnis ließ mich lange nicht
los.
Ich stellte mir, mich als Burgfräulein vor, mit einer
spitzen, tütenähnlichen Kopfbedeckung, von einem
der Türme in die Ferne nach meinem Liebsten
Ausschau haltend. Hinweg schauend, über die
Zugbrücke und den tiefen Wassergraben, welche die
Burg umgab.

„Ich bin nicht mehr die jüngste", sagte ich zu den
Männern, „im Winter werden wir zur Kur fahren um
uns zu erholen".
Auch die hektische Zeit ging vorbei, im November
hatten wir nur noch die halbe Anzahl an Gästen.
Am zweiten Weihnachtstag schlossen wir spät abends.
Jetzt hatten wir frei bis März!
Wir räumten alle verderblichen Waren aus der
Backstube.
Wo werden wir nun alles unterbringen? überlegte ich.
Wir freuten uns auf ein paar Wochen Urlaub, denn
Mitte Januar musste Günter die Praxis öffnen.
Ende Februar endlich war unser Tag gekommen!
Wir stiegen Händchen haltend den Hang hinauf.
Auf dem Tisch lagen die vielen Filme, welche wir im
Laufe der Jahre gemacht hatten, das Büchlein mit den
Fotos trug ich bei mir, so konnten wir uns gleich auf
dem Berge informieren, etwas von unserem vorigen

Leben erfahren.

10 Jahre haben wir dem Leben abgetrotzt, jubelten wir, als wir in dem Büchlein zu lesen begannen.

Wir stiegen zuversichtlich den Berg hinab und freuten uns auf einen ausgedehnten Filmabend.

„Irgendetwas stimmt nicht", sagte ich, „als wir die Straße überquerten, ich habe so ein komisches Gefühl".

Wir öffneten das Tor, ich übersah den Garten, die Bäume sind kleiner.

„Habe ich nicht letztes Jahr die Beete auf der anderen Seite angelegt"?

Ich ahnte schlimmes! Ich hatte die Gewissheit, als wir das Haus betraten.

„Oh mein Gott", rief ich als wir in der Küche anlangten, „wir sind in der falschen Zeit gelandet".

„Bei Robby ist wohl mehr als nur eine Schraube locker", sagte Günter.

Wir sahen auf dem Kalender, 1886 und nicht 1896.

„So viele Jahre Arbeit umsonst, wir müssen alles von vorn beginnen, alles ist verloren".

„Es ist 1886 Liebste und nicht 1880, fast alles ist schon gebaut, die Wartezimmer, deine Laube, das Gewächshaus, nur unser Umbau ist noch nicht beendet, doch all das ist unwichtig solange wir uns haben".

Er nahm mich in den Arm.

„Was gibt es schöneres, als dich in meinem Arm".

„Ja", bestätigte ich, „es gibt nichts Schöneres als in deinem Arm zu liegen Liebster".

Ich legte meinen Kopf an seine Schulter und schaute ihm verliebt in die Augen.

„Was für einen tollen Mann ich habe, du hast kaum ein Fältchen", ich streichelte sein Gesicht, „deine Augen strahlen, ich möchte mit keinem tauschen, wenn ich nur bei dir sein kann".

„Meine kleine süße Frau, mein Mädchen für immer, wie schön du bist, wie alt bist du jetzt eigentlich?"

„Lass mich überlegen", sagte ich und lachte, „ich glaube ich bin erst 38 Jahre, so fühle ich mich jedenfalls".

„Schwindlerin", schmunzelte er, „aber das ist ja auch völlig egal, wir fühlen uns beide jung, jung genug für einen Neuanfang, wir werden das alles schon meistern, alles überstehen, wenn wir uns nur genug lieben, alles andere ist unwichtig mein Herz", fügte er hinzu und trug mich in unsere Kammer.

Wolfgang lebt noch, ging es mir durch den Kopf, dieses Mal werde ich ihn nicht aufsuchen, nie wieder! Wir saßen auf dem Bettrand und kämmten uns gegenseitig.

Günter flocht mir mit Eifer zwei Zöpfe, ich wusste das es ihm Spaß bereitete, mittlerweile war er ein wahrer Meister im Flechten. Ich wand die langen platinblonden Flechten um meinen Kopf, er half mir sie festzustecken, mit kostbaren Spangen, Geschenke von ihm, ich trug sie täglich, hatte noch nie eine verloren.

Er beugte sich über mich und küsste zärtlich meinen Nacken.

Anschließend kämmte ich Günters lange hellbraune

Haare mit den grauen Schläfen.

„Heute Morgen noch waren deine Haare fast weiß Liebster", bemerkte ich staunend, „ich erinnere mich genau, ich habe sie mit einem grauen Lederband zusammengebunden, jetzt ist das Band braun und fest, deine Haare sind viel voller als heute Morgen, auch deine Geheimratsecken sind verschwunden".

„Donnerwetter was für ein fescher sexy - Bursche du bist, einfach zum Verlieben", ich umschlang spontan seinen Nacken, „wie viel Glück wir haben Liebster", flüsterte ich, „wie gut es das Schicksal mit uns meint".

„So viele Jahre hat es uns schon geschenkt, wir sind die glücklichsten Menschen auf der Welt!" bestätigte Günter und zog mich auf die Kissen.

Wir genossen die Abende in der behaglichen Stube, der große Kachelofen knisterte und verströmte angenehme Wärme.

Wir saßen auf der Couch und fütterten uns gegenseitig mit Häppchen, es gab nur uns, die Welt war ausgeschlossen.

Wir konnten unsere Augen und Händen nicht voneinander lösen. Das ist Glück pur, dachte ich und hatte plötzlich Angst aus einem wunderschönen Traum zu erwachen und mich hoffnungslos in einer fernen Zeit wiederzufinden.

„Vielleicht haben wir etwas falsch gemacht!" sagte ich am nächsten Morgen am Frühstücks-Tisch.

„Sollen wir jetzt in das Jahr 1896 gehen, was meinst du?", fragte Günter.

„Dann ist alles anders", entgegnete ich, „diese 10 Jahre wären nicht von uns geprägt!"

„Wie meinst du das?" fragte er.

„Ich hätte vermutlich nicht das Café.

„Das Café, das Haus von Justin, meinst du das?"
Ich nickte.

„Das Haus ist so unnötig wie ein Kropf", lästerte er, „es macht nur unnötige Arbeit".

„Vermutlich hast du Recht", antwortete ich, „aber es war auch schön, etwas so Großes zu erschaffen und das Haus selber, war es nicht einmalig?"

„An das Haus kann ich mich nicht mehr recht erinnern", antwortete Günter, „außerdem sollst du nur für mich da sein oder bist du plötzlich eine Emanze?"

„Möglicherweise, vielleicht ist es mir zu langweilig mit dir allein", scherzte ich.

„Oh du kleine Hexe, das meinst du doch nicht ernst, wie bist du eigentlich zu diesem Haus gekommen, warum hat dir Justin dieses Anwesen vermacht?"

„Wenn ich das nur wüsste", log ich, „ich kann es mir selbst nicht erklären".

„Du hattest doch wohl kein Techtelmechtel mit dem Bengel"?

„Nein bestimmt nicht, ich weiß nur das Justin plötzlich verstorben ist, wem hätte er das Haus denn sonst vererben sollen, wenn nicht mir, er hatte doch sonst keinen hier".

„Wie meinst du das, ich verstehe nicht ganz?"

„Justin war sehr einsam die ganzen Jahre, er hat wohl immer von mir geträumt, mit allen Fantasien die ein Mann so hat, er hat immer gehofft eines Tages – ach du weißt doch wie er war, er hat gehofft bis zu seinem letzten Tag, der arme Kerl, wem also hätte er sonst sein geliebtes Haus vermachen sollen?"

„Justin ist also tot", fragte er, „woran ist er gestorben?"

„Er hatte einen tragischen Unfall", antwortete ich.

„Warum weißt du das alles und ich nicht"?

„Hast du es nicht gelesen in meinem Büchlein?" fragte ich.

„Ich weiß nur, was du mir bisher vorgelesen hast", entgegnete er „und da war nichts was ich noch wissen müsste?" fragte er misstrauisch.

„Nein es ist nie zu dem letzten gekommen, was denkst du denn von mir, ich habe doch dich!"

„Wenn du mich verstoßen hättest, wäre ich vermutlich mit ihm gegangen".

„So ein Unsinn, ich könnte dich nie verstoßen wie du es nennst, du gehörst zu mir für immer".

„So ist es Liebster", bestätigt ich, „wir gehören zusammen für immer".

Ich muss unbedingt die eine Seite aus meinem Büchlein vernichten, Günter darf es nie erfahren, was in dieser einen Nacht geschah, noch heute werde ich diese Seite verbrennen, dann ist es nie geschehen, schließlich ist Justin längst unter der Erde.

„Morgen werde ich wieder die Praxis öffnen", sagte Günter, „heute Nachmittag noch werde ich mich mit den Krankengeschichten von 1886 vertraut machen".

Ich war allein im Haus.

Ich suchte die gewisse Seite in meinem Büchlein, sie

war längst herausgetrennt und verbrannt, Günter hatte das Geschehene vernichtet, es war nie passiert.

Ich schloss die Ofentür wieder und alles war gut.

Nach dem nächsten Zeitsprung würde ich selbst nicht mehr von dieser einmaligen Nacht und den Jahren danach wissen, aber noch war sie Bestandteil meines Lebens.

Ich hätte gerne ein paar Jahre später gelebt, wir überlegten ob wir nicht doch einen Zeitsprung nach oben wagen sollten, vielleicht könnten wir ja wieder an unsere alte Zeit anknüpfen, in die von uns erlebte eintauchen aber vermutlich ist das gar nicht möglich. Jedoch ein Hoffnungsschimmer blieb uns.

Wir würden auf der Stelle die schlossähnliche Villa verkaufen oder verpachten.

Leider hatte ich kaum Erinnerung an sie, kannte sie vorwiegend von Fotos, ich fand sie sehr beeindruckend, ja gar zum Verlieben schön.

Schon wieder erlebte ich das Jahr 1886,

das 4. oder 5. Mal? März, April und Mai sind eine schlechte Jahreszeit für Keller und Vorratskammern, alles Obst und Gemüse, Möhrchen, Sellerie, Bete, Kohl, all das war aufgebraucht, matschig – faul, vertrocknet oder verschimmelt, bei allen, welche diese Zeit nicht verlassen, die nicht mal schnell im Center 2050 einkaufen konnten.

Dieses war nur uns vorbehalten, wir litten keinen Mangel.

Wohl aber die Landbevölkerung, denn es gab ja nichts zu kaufen. Es lohnt sich vorerst nicht auf den Marktplatz zu gehen, vor Ende Juni.

Wir gingen über die blühenden Wiesen, Günter hielt meine Hand fest umschlossen.

Hier verweilten wir ein Viertelstündchen am Dorfausgang auf dem umgestürzten Baum, nicht weit von dem kleinen Tümpel. Wir lösten unsere Hände, fasten uns um den Rücken und kuschelten uns ganz dicht aneinander.

Von hier aus konnten wir hinter dem Dorf, den Berg und oben im Berge die schwarze Öffnung der Höhle sehen.

„Ich glaube, ich gewöhne mich allmählich an die alte Zeit!", sagte ich sinnend.

„Es wird ja auch mit jedem Jahr besser und fortschrittlicher", meinte Günter, „nächstes Jahr wird es schon einen Kramladen hier geben und in drei Jahren schon wird Obst und Gemüse aus dem Süden angeboten, dann lohnt es sich auch im Winter oder im Frühjahr auf den Markt zu gehen, jetzt jedoch fühle ich mich manchmal wie im grauen Mittelalter".

Abends war das Dorf stockdunkel, auch die erste Straßenlaterne wurde erst in den nächsten Jahren im Dorf aufgestellt.

„Ach die Zeit vergeht so schnell, viel zu schnell, was kümmert mich die Beleuchtung im Dorf und das Gemüse auf dem Markt", sagte ich.

„Heißt das, dir genügt das Leben neben einem biederen Landarzt, ein langweiliges Landleben?"

„Ein Leben neben einem so aufregenden tollen Mann, kann niemals langweilig sein", säuselte ich an seinem Ohr.

„Bei dir weiß man nie ob du es ernst meinst oder ob du dich nicht nur lustig über mich machst", sagte Günter.

„Warum sollte ich es sagen, wenn es nicht so ist", antwortete ich und gab ihm einen Kuss auf die Nasenspitze.

„Du kleine Hexe, du schaffst es immer wieder mich zu verwirren und zu becircen".

Wir werden jetzt unser Leben in vollen Zügen genießen, dachte ich enthusiastisch, keiner kann uns mehr im Wege stehen und unser Glück zerstören.

Am nächsten Markttag packte ich meinen großen Korb, setzte mein Hütchen auf, einen Hut wie nur ich ihn trug. Er war nicht Zeitgemäß, er gefiel Günter und mir, denn er passte zu mir. Ich trug einen langen weiten seidenen Mantel der im Winde wehte und hohe Schuhe, Schuhe mit hohen Absätzen, Günter wollte es so!

Ich selber hätte sportliches, bequemes Schuhwerk bevorzugt.

„Du bist die höchste Dame im Ort, hatte er mir jahrelang eingeschärft, auch wenn wir nicht im Schloss wohnen, sind wir welche von ihnen, zudem bist du die Gattin des bekanntesten Dok. in unserem Landstrich".

„Das ist wahr, man kennt dich noch in den Dörfern jenseits des Schlosses", bestätigte ich, „keine Bange, ich werde schon nicht in Kittelschürze und Turnschuhen durch das Dorf laufen, ich werde wie ein Pfau stolzieren!"

Ich stolzierte nicht, ich tippelte wie immer in Ungeduld, meiner Art entsprechend, konnte ich kaum langsam gehen.

Ich war froh nicht umsonst gekommen zu sein, der Stand mit dem frischen Fisch war aufgebaut.

Ein rotgesichtiger, hagererer, erwartungsvoll dreinblickender älterer Mann bot seine Ware feil.

Dort fand ich alles Gewünschte, ich schaute die Reihe entlang, sah einen Metzger und einen Backstand, heute würde mein Korb voll werden.

Ich ging durch die Gasse zwischen den Ständen und überlegte wie ich den leckeren Fisch zubereiten würde.

Ich werde eine frische Joghurtsoße dazu bereiten, grüne Bohnen oder einen Gurkensalat.

Ich hatte das Ende erreicht und sah in Gedanken versunken vier Männerbeine, die mir den Durchgang versperrten. Sportschuhe aus weichem Leder und darüber Jeanshosen.

Ich hob irritiert meinen Blick.

Hermann und Justin standen grinsend vor mir. Justin? Justin den ich beweint und begraben hatte. Justin lebt also, dachte ich in Bruchteilen von Sekunden.

Hermann war freundlich und charmant wie immer, er zog seinen Hut und verbeugte sich leicht.

Justin durchbohrte mich mit seinen Blicken.

„Ich hatte fast vergessen wie schön du bist Schätzchen, ich bin wie hypnotisiert, überwältigt, was für ein göttliches Weib, du überstrahlst den ganzen Platz!" sagte er und wollte mich umarmen.

„Lass das", rief ich böse und stieß ihn brutal zurück, „rühr mich nicht an, nie wieder, hörst du, lass mich in Ruhe, lasst mich beide in Ruhe, ich will euch nicht mehr sehen!" rief ich außer mir, drängte mich an ihnen vorbei und begann zu rennen, blind von Tränen. Meine Freunde, dachte ich, meine besten Freunde, die mich aber niemals als gute Freundin sehen konnten, sondern nur als Frau, die sie begehrten.
Ich rannte atemlos - den Weg nach Hause -wie auf der Flucht - nach Hause zu meinem Günter.
Können wir unserem Schicksal niemals entgehen?
Ich muss fort von hier, mit Günter zusammen.
Wir beide allein an einen fernen Ort.
Ich möchte nicht immer wieder das gleiche erleben.
Wir müssen in ein anderes Land gehen, auf einen anderen Kontinent.
Wird er mit mir gehen?
Wird seine Liebe stark genug sein, mit mir einen Neuanfang zu wagen? Fern von allem Vertrauten, sonst beginnt alles von vorne, immer und immer wieder.
Eine Endlose Wiederholung alles Geschehenen...

Fortsetzung:
http://www.meine-buch-ideen.de

Herstellung und Verlag:
BoD - Books on Demand, Norderstedt
ISBN 9783746016788